Georges Perec

W

ou
le souvenir
d'enfance

Denoël

L'œuvre de Georges Perec (1936-1982) connaît un succès croissant. Étonnamment diverse et originale, elle a renouvelé les enjeux de l'écriture narrative et poétique. Ainsi Perec s'est-il fait explorateur de notre environnement, tour à tour narquois (*Les choses*, prix Renaudot 1965) ou fantaisistement méthodique *(Espèces d'espaces)*, inventeur de nouvelles formes de l'autobiographie *(La boutique obscure, W ou le souvenir d'enfance, Je me souviens)* ou chroniqueur du renoncement du monde *(Un homme qui dort)*. En jonglant avec les lettres et les mots, il a transformé le langage en un jubilatoire terrain de jeux et d'inventions *(Quel petit vélo à guidon chromé au fond de la cour ?, La disparition, Les revenentes)* ou en un laboratoire qui s'ouvre aussi bien à la poésie *(Alphabets, La clôture)* qu'à la rêverie philosophique *(Penser/classer)*. Il a été un des membres importants de l'Oulipo (Ouvroir de Littérature Potentielle). *La Vie mode d'emploi* (prix Médicis 1978), ce « romans » qui contient une centaine de romans et mille bonheurs et perplexités de lecture, offre comme une éblouissante synthèse de toutes ses recherches.

pour E

PREMIÈRE PARTIE

*Cette brume insensée où s'agitent des ombres,
comment pourrais-je l'éclaircir ?*

Raymond Queneau

I

J'ai longtemps hésité avant d'entreprendre le récit de mon voyage à W. Je m'y résous aujourd'hui, poussé par une nécessité impérieuse, persuadé que les événements dont j'ai été le témoin doivent être révélés et mis en lumière. Je ne me suis pas dissimulé les scrupules — j'allais dire, je ne sais pourquoi, les prétextes — qui semblaient s'opposer à une publication. Longtemps j'ai voulu garder le secret sur ce que j'avais vu ; il ne m'appartenait pas de divulguer quoi que ce soit sur la mission que l'on m'avait confiée, d'abord parce que, peut-être, cette mission ne fut pas accomplie — mais qui aurait pu la mener à bien ? — ensuite parce que celui qui me la confia a, lui aussi, disparu.

Longtemps je demeurai indécis. Lentement j'oubliai les incertaines péripéties de ce voyage. Mais mes rêves se peuplaient de ces villes fantômes, de ces courses sanglantes dont je croyais encore entendre les mille clameurs, de ces oriflammes déployées que le vent de la mer lacérait. L'incompréhension, l'horreur et la fascination se confondaient dans ces souvenirs sans fond.

Longtemps j'ai cherché les traces de mon histoire, consulté des cartes et des annuaires, des monceaux d'archives. Je n'ai rien trouvé et il me semblait parfois que j'avais rêvé, qu'il n'y avait eu qu'un inoubliable cauchemar.

Il y a... ans, à Venise, dans une gargote de la Giudecca, j'ai vu entrer un homme que j'ai cru reconnaître. Je me suis précipité sur lui, mais déjà balbutiant deux ou trois mots d'excuse. Il ne pouvait pas y avoir de survivant. Ce que mes yeux avaient vu était réellement arrivé : les lianes avaient disjoint les scellements, la forêt avait mangé les maisons ; le sable envahit les stades, les cormorans s'abattirent par milliers et le silence, le silence glacial tout à coup. Quoi qu'il arrive, quoi que je fasse, j'étais le seul dépositaire, la seule mémoire vivante, le seul vestige de ce monde. Ceci, plus que toute autre considération, m'a décidé à écrire.

Un lecteur attentif comprendra sans doute qu'il ressort de ce qui précède que dans le témoignage que je m'apprête à faire, je fus témoin, et non acteur. Je ne suis pas le héros de mon histoire. Je n'en suis pas non plus exactement le chantre. Même si les événements que j'ai vus ont bouleversé le cours, jusqu'alors insignifiant, de mon existence, même s'ils pèsent encore de tout leur poids sur mon comportement, sur ma manière de voir, je voudrais, pour les relater, adopter le ton froid et serein de l'ethnologue : j'ai visité ce monde englouti et voici ce que j'y ai vu. Ce n'est pas la fureur bouillante d'Achab qui m'habite, mais la blanche rêverie d'Ishmaël, la *patience de Bartleby. C'est à eux, encore une fois, après tant d'autres, que je demande d'être mes ombres tutélaires.*

Néanmoins, pour satisfaire à une règle quasi générale, et que, du reste, je ne discute pas, je donnerai maintenant, le plus brièvement possible, quelques indications sur mon existence et, plus précisément, sur les circonstances qui décidèrent de mon voyage.

Je suis né le 25 juin 19..., vers quatre heures, à R., petit hameau de trois feux, non loin de A. Mon père possédait une petite exploitation agricole. Il mourut des suites d'une blessure, alors que j'allais avoir six ans. Il ne laissait guère que des dettes et tout mon héritage tint en quelques effets, un peu de linge, trois ou quatre pièces de vaisselle. L'un des deux voisins de mon père s'offrit à m'adopter ; je grandis au milieu des siens, moitié comme un fils, moitié comme un valet de ferme.

À seize ans, je quittai R. et j'allai à la ville ; j'y exerçai quelque temps divers métiers mais, n'en trouvant pas qui me plaise, je finis par m'engager. Habitué à obéir et doté d'une résistance physique peu commune, j'aurais pu faire un bon soldat, mais je me rendis bientôt compte que je ne m'adapterais jamais vraiment à la vie militaire. Au bout d'un an passé en France, au Centre d'Instruction de T., je fus envoyé en opérations ; j'y restai plus de quinze mois. À V., au cours d'une permission, je désertai. Pris en charge par une organisation d'objecteurs, je parvins à gagner l'Allemagne, où, longtemps, je fus sans travail. Je m'installai pour finir à H., tout près de la frontière luxembourgeoise. J'avais trouvé une place de graisseur dans le plus grand garage de la ville. Je logeais dans une petite pension de famille et je passais la plupart de mes soirées dans une brasserie à regarder la télévision ou, parfois, à jouer au jacquet avec l'un ou l'autre de mes camarades de travail.

II

Je n'ai pas de souvenirs d'enfance. Jusqu'à ma douzième année à peu près, mon histoire tient en quelques lignes : j'ai perdu mon père à quatre ans, ma mère à six ; j'ai passé la guerre dans diverses pensions de Villard-de-Lans. En 1945, la sœur de mon père et son mari m'adoptèrent.

Cette absence d'histoire m'a longtemps rassuré : sa sécheresse objective, son évidence apparente, son innocence, me protégeaient, mais de quoi me protégeaient-elles, sinon précisément de mon histoire, de mon histoire vécue, de mon histoire réelle, de mon histoire à moi qui, on peut le supposer, n'était ni sèche, ni objective, ni apparemment évidente, ni évidemment innocente ?

« Je n'ai pas de souvenirs d'enfance » : je posais cette affirmation avec assurance, avec presque une sorte de défi. L'on n'avait pas à m'interroger sur cette question. Elle n'était pas inscrite à mon programme. J'en étais dispensé : une autre histoire, la Grande, l'Histoire avec sa grande hache, avait déjà répondu à ma place : la guerre, les camps.

À treize ans, j'inventai, racontai et dessinai une

histoire. Plus tard, je l'oubliai. Il y a sept ans, un soir, à Venise, je me souvins tout à coup que cette histoire s'appelait « W » et qu'elle était, d'une certaine façon, sinon l'histoire, du moins une histoire de mon enfance.

En dehors du titre brusquement restitué, je n'avais pratiquement aucun souvenir de W. Tout ce que j'en savais tient en moins de deux lignes : la vie d'une société exclusivement préoccupée de sport, sur un îlot de la Terre de Feu.

Une fois de plus, les pièges de l'écriture se mirent en place. Une fois de plus, je fus comme un enfant qui joue à cache-cache et qui ne sait pas ce qu'il craint ou désire le plus : rester caché, être découvert.

Je retrouvai plus tard quelques-uns des dessins que j'avais faits vers treize ans. Grâce à eux, je réinventai W et l'écrivis, le publiant au fur et à mesure, en feuilleton, dans *La Quinzaine littéraire*, entre septembre 1969 et août 1970.

Aujourd'hui, quatre ans plus tard, j'entreprends de mettre un terme — je veux tout autant dire par là « tracer les limites » que « donner un nom » — à ce lent déchiffrement. W ne ressemble pas plus à mon fantasme olympique que ce fantasme olympique ne ressemblait à mon enfance. Mais dans le réseau qu'ils tissent comme dans la lecture que j'en fais, je sais que se trouve inscrit et décrit le chemin que j'ai parcouru, le cheminement de mon histoire et l'histoire de mon cheminement.

III

J'étais depuis trois ans à H. lorsque, le matin du 26 juillet 19..., ma logeuse me remit une lettre. Elle avait été expédiée la veille de K., une ville de quelque importance située à 50 kilomètres à peu près de H. Je l'ouvris ; elle était écrite en français. Le papier, d'excellente qualité, portait en en-tête le nom

Otto APFELSTAHL, MD

surmontant un blason compliqué, parfaitement gravé, mais que mon ignorance en matière d'héraldique m'interdit d'identifier, ou même, plus simplement, de déchiffrer ; en fait, je ne parvins à reconnaître clairement que deux des cinq symboles qui le composaient : une tour crénelée, au centre, sur toute la hauteur du blason, et, au bas, à droite, un livre ouvert, aux pages vierges ; les trois autres, en dépit des efforts que je fis pour les comprendre, me demeurèrent obscurs ; il ne s'agissait pas pourtant de symboles abstraits, ce n'étaient pas des chevrons, par exemple, ni des bandes, ni des losanges, mais des figures en quelque sorte doubles, d'un dessin à la fois précis et ambigu, qui semblait pouvoir s'interpréter de plusieurs façons sans que l'on puisse jamais s'arrêter sur un choix satisfaisant :

l'une aurait pu, à la rigueur, passer pour un serpent sinuant dont les écailles auraient été des lauriers, l'autre pour une main qui aurait été en même temps racine ; la troisième était aussi bien un nid qu'un brasier, ou une couronne d'épines, ou un buisson ardent, ou même un cœur transpercé.

Il n'y avait ni adresse, ni numéro de téléphone. La lettre disait seulement ceci :

> *« Monsieur,*
>
> *« Nous vous serions extrêmement reconnaissants de bien vouloir nous accorder un entretien pour une affaire vous concernant.*
>
> *« Nous serons à l'Hôtel Berghof, au numéro 18 de la Nurmbergstrasse, ce vendredi 27 juillet, et nous vous attendrons au bar à partir de 18 heures.*
>
> *« En vous remerciant à l'avance et en nous excusant de ne pouvoir vous donner pour l'instant de plus amples explications, nous vous prions de croire, Monsieur, à nos sentiments dévoués. »*

Suivait un paraphe à peu près illisible, et que seul le nom figurant sur l'en-tête me permit d'identifier comme devant signifier « O. Apfelstahl ».

Il est facile de comprendre que, d'abord, cette lettre me fit peur. Ma première idée fut de fuir : j'avais été reconnu, il ne pouvait s'agir que d'un chantage. Plus tard, je parvins à maîtriser mes craintes : le fait que cette lettre fût écrite en français ne signifiait pas qu'elle s'adressait à moi, à celui que j'avais été, au soldat déserteur ; mon actuelle identité faisait de moi un Suisse romand et ma francophonie ne surprenait personne. Ceux qui m'avaient aidé ne connaissaient pas mon ancien nom et il

*aurait fallu un improbable, un inexplicable con-
cours de circonstances pour qu'un homme m'ayant
rencontré dans ma vie antérieure me retrouve et me
reconnaisse. H. n'est qu'une bourgade, à l'écart des
grands axes routiers, les touristes l'ignorent, et je
passais le plus clair de mes journées au fond de la
fosse de graissage ou allongé sous les moteurs. Et
puis même, qu'aurait pu me demander celui qui,
par un incompréhensible hasard, aurait retrouvé
ma trace ? Je n'avais pas d'argent, je n'avais pas la
possibilité d'en avoir. La guerre que j'avais faite
était finie depuis plus de cinq ans, il était plus que
vraisemblable que j'avais même été amnistié.*

J'essayais d'envisager, le plus calmement possible, toutes les hypothèses que suggérait cette lettre.
Était-elle l'aboutissement d'une longue et patiente
recherche, d'une enquête qui, peu à peu, s'était res-
serrée autour de moi ? Croyait-on écrire à un
homme dont j'aurais porté le nom ou dont j'aurais
été l'homonyme ? Un notaire pensait-il tenir en moi
l'héritier d'une fortune immense ?

Je lisais et je relisais la lettre, j'essayais d'y découvrir chaque fois un indice supplémentaire, mais je
n'y trouvais que des raisons de m'intriguer davantage. Ce « nous » qui m'écrivait était-il une conven-
tion épistolaire, comme il est d'usage dans presque
toutes les correspondances commerciales, où le
signataire parle au nom de la société qui l'emploie,
ou bien avais-je affaire à deux, à plusieurs correspondants ? Et que signifiait ce « MD » qui suivait,
sur l'en-tête, le nom d'Otto Apfelstahl ? En principe,
comme je le vérifiai dans le dictionnaire usuel que

j'empruntai quelques instants à la secrétaire du garage, il ne pouvait s'agir que de l'abréviation américaine de « Medical Doctor », mais ce sigle, courant aux États-Unis, n'avait aucune raison de figurer sur l'en-tête d'un Allemand, fût-il médecin, ou alors il me fallait supposer que cet Otto Apfelstahl, bien qu'il m'écrivît de K., n'était pas allemand, mais américain ; cela n'avait rien d'étonnant en soi : il y a beaucoup d'Allemands émigrés aux États-Unis, de nombreux médecins américains sont d'origine allemande ou autrichienne ; mais que pouvait me vouloir un médecin américain, et qu'était-il venu faire à K. ? Pouvait-on même concevoir un médecin, quelle que soit sa nationalité, qui mette sur son papier à lettres l'indication de sa profession, mais remplace les renseignements que l'on serait en droit d'attendre d'un docteur en médecine — son adresse ou l'adresse de son cabinet, son numéro de téléphone, l'indication des heures auxquelles il reçoit, ses fonctions hospitalières, etc. — par un blason aussi suranné que sibyllin ?

Toute la journée, je m'interrogeai sur ce qu'il convenait de faire. Devais-je aller à ce rendez-vous ? Fallait-il fuir tout de suite, et recommencer ailleurs, en Australie ou en Argentine, une autre vie clandestine, forgeant à nouveau l'alibi fragile d'un nouveau passé, d'une nouvelle identité ? Au fil des heures, mon anxiété laissait place à l'impatience, à la curiosité ; j'imaginais fébrilement que cette rencontre allait changer ma vie.

Je passai une partie de la soirée à la Bibliothèque municipale, feuilletant des dictionnaires, des encyclopédies, des annuaires, avec l'espoir d'y découvrir des renseignements sur Otto Apfelstahl, d'éventuelles indications sur d'autres acceptions du sigle « MD », ou sur la signification du blason. Mais je ne trouvai rien.

Le lendemain matin, pris d'un pressentiment tenace, je fourrai dans mon sac de voyage un peu de linge et ce que j'aurais pu appeler, si cela n'avait été à ce point dérisoire, mes biens les plus précieux : mon poste de radio, une montre de gousset en argent qui aurait très bien pu me venir de mon arrière-grand-père, une petite statuette en nacre achetée à V., un coquillage étrange et rare que m'avait un jour envoyé ma marraine de guerre. Voulais-je fuir ? Je ne le pense pas : mais être prêt à toute éventualité. Je prévins ma logeuse que je m'absenterais peut-être quelques jours et lui payai son dû. J'allai trouver mon patron ; je lui dis que ma mère était morte et qu'il me fallait aller l'enterrer à D., en Bavière. Il m'octroya une semaine de congé et me paya avec quelques jours d'avance le mois qui finissait.

J'allai à la gare, je mis mon sac dans une consigne automatique. Puis, dans la salle d'attente des deuxième classe, assis presque au milieu d'un groupe d'ouvriers portugais en partance pour Hambourg, j'attendis six heures du soir.

IV

Je ne sais où se sont brisés les fils qui me rattachent à mon enfance. Comme tout le monde, ou presque, j'ai eu un père et une mère, un pot, un lit-cage, un hochet, et plus tard une bicyclette que, paraît-il, je n'enfourchais jamais sans pousser des hurlements de terreur à la seule idée qu'on allait vouloir relever ou même enlever les deux petites roues adjacentes qui m'assuraient ma stabilité. Comme tout le monde, j'ai tout oublié de mes premières années d'existence.

Mon enfance fait partie de ces choses dont je sais que je ne sais pas grand-chose. Elle est derrière moi, pourtant, elle est le sol sur lequel j'ai grandi, elle m'a appartenu, quelle que soit ma ténacité à affirmer qu'elle ne m'appartient plus. J'ai longtemps cherché à détourner ou à masquer ces évidences, m'enfermant dans le statut inoffensif de l'orphelin, de l'inengendré, du fils de personne. Mais l'enfance n'est ni nostalgie, ni terreur, ni paradis perdu, ni Toison d'Or, mais peut-être horizon, point de départ, coordonnées à partir desquelles les axes de ma vie pourront trouver leur sens. Même si je n'ai pour étayer mes souvenirs improbables que le secours de photos jaunies, de témoignages rares et de documents dérisoires, je n'ai pas d'autre choix que d'évoquer ce que trop longtemps j'ai nommé l'irrévocable ; ce qui fut, ce qui s'arrêta, ce qui fut clôturé : ce qui fut, sans doute, pour aujourd'hui ne plus être, mais ce qui fut aussi pour que je sois encore.

*

Mes deux premiers souvenirs ne sont pas entièrement invraisemblables, même s'il est évident que les nombreuses variantes et pseudo-précisions que j'ai introduites dans les relations — parlées ou écrites — que j'en ai faites les ont profondément altérés, sinon complètement dénaturés.

Le premier souvenir aurait pour cadre l'arrière-boutique de ma grand-mère. J'ai trois ans. Je suis assis au centre de la pièce, au milieu des journaux yiddish éparpillés. Le cercle de la famille m'entoure complètement : cette sensation d'encerclement ne s'accompagne pour moi d'aucun sentiment d'écrasement ou de menace ; au contraire, elle est protection chaleureuse, amour : toute la famille, la totalité, l'intégralité de la famille est là, réunie autour de l'enfant qui vient de naître (n'ai-je pourtant pas dit il y a un instant que j'avais trois ans ?), comme un rempart infranchissable.

Tout le monde s'extasie devant le fait que j'ai désigné une lettre hébraïque en l'identifiant : le signe aurait eu la forme d'un carré ouvert à son angle inférieur gauche, quelque chose comme et son nom aurait été gammeth, ou gammel[1]. La scène tout entière, par son thème, sa douceur, sa lumière, ressemble pour moi à un tableau, peut-être de Rembrandt ou peut-être inventé, qui se nommerait « Jésus en face des Docteurs »[2]

Le second souvenir est plus bref ; il ressemble davantage à un rêve ; il me semble encore plus évidemment fabulé que le premier ; il en existe plusieurs variantes qui, en se superposant, tendent à le rendre de plus en plus illusoire. Son énoncé le plus simple serait : mon père rentre de son travail ; il me donne une clé. Dans une variante, la clé est en or ; dans une autre, ce n'est pas une clé d'or, mais une pièce d'or ; dans une autre encore, je suis sur le pot quand mon père rentre de son travail ; dans une autre enfin, mon père me donne une pièce, j'avale la pièce, on s'affole, on la retrouve le lendemain dans mes selles.

1. C'est ce surcroît de précision qui suffit à ruiner le souvenir ou en tout cas le charge d'une lettre qu'il n'avait pas. Il existe en effet une lettre nommée « Gimmel » dont je me plais à croire qu'elle pourrait être l'initiale de mon prénom ; elle ne ressemble absolument pas au signe que j'ai tracé et qui pourrait, à la rigueur, passer pour un « mem » ou « M ». Esther, ma tante, m'a raconté récemment qu'en 1939 — j'avais alors trois ans — ma tante Fanny, la jeune sœur de ma mère,

m'amenait parfois de Belleville jusqu'à chez elle. Esther habitait alors rue des Eaux, tout près de l'avenue de Versailles. Nous allions jouer au bord de la Seine, tout près des grands tas de sable ; un de mes jeux consistait à déchiffrer, avec Fanny, des lettres dans des journaux, non pas yiddish, mais français.

2. Dans ce souvenir ou pseudo-souvenir, Jésus est un nouveau-né entouré de vieillards bienveillants. Tous les tableaux intitulés « Jésus au milieu des Docteurs » le représentent adulte. Le tableau auquel je me réfère, s'il existe, est beaucoup plus vraisemblablement une « Présentation au Temple ».

V

Il était six heures juste lorsque je passai la porte-tambour de l'Hôtel Berghof. Le grand hall était à peu près désert ; négligemment appuyés contre un pilier, trois jeunes grooms vêtus de gilets rouges à boutons dorés bavardaient à voix basse, les bras croisés. Le portier, reconnaissable à sa vaste houppelande vert bouteille et à son chapeau de cocher à plumet, traversait le hall en diagonale, portant deux grosses valises et précédant une cliente qui tenait un petit chien entre ses bras.

Le bar était au fond du hall, à peine séparé de lui par une cloison à claire-voie garnie de hautes plantes vertes. À ma grande surprise, il n'y avait aucun consommateur ; la fumée des cigares ne flottait pas en l'air, rendant l'atmosphère presque opaque, un peu étouffante ; là où j'attendais un désordre feutré, le bruit de vingt conversations sur un fond de musique fade, il n'y avait que des tables nettes, des napperons bien en place, des cendriers de cuivre étincelants. L'air conditionné rendait l'endroit presque frais. Assis derrière un comptoir de bois sombre et d'acier, un barman à la veste un peu fripée lisait la Frankfurter Zeitung.

J'allai m'asseoir dans le fond de la salle. Levant un instant les yeux de son journal, le barman me regarda d'un air interrogateur ; je lui commandai une bière. Il me l'apporta, traînant des pieds ; je m'aperçus que c'était un très vieil homme, sa main considérablement ridée tremblait un peu.

— Il n'y a pas grand monde, dis-je, moitié pour dire quelque chose, moitié parce que cela me semblait tout de même étonnant. Il hocha la tête, sans répondre, puis soudain il me demanda :

— Voulez-vous des bretzels ?

— Pardon ? fis-je sans comprendre.

— Des bretzels. Des bretzels pour manger en buvant votre bière.

— Non, merci. Je ne mange jamais de bretzels. Donnez-moi plutôt un journal.

Il tourna les talons, mais sans doute m'étais-je mal exprimé ou n'avait-il pas fait attention à ce que je lui avais demandé, car, au lieu de se diriger vers les porte-journaux accrochés au mur, il retourna à son comptoir, posa son plateau, et sortit par une petite porte qui devait donner sur l'office.

Je regardai ma montre. Elle ne marquait que six heures cinq. Je me levai, j'allai chercher un journal. C'était un supplément économique hebdomadaire d'un quotidien luxembourgeois, le Luxemburger Wort, *qui datait de plus de deux mois. Je le parcourus pendant une bonne dizaine de minutes, buvant ma bière, absolument seul dans le bar.*

On ne pouvait pas dire qu'Otto Apfelstahl était en retard ; on ne pouvait pas dire non plus qu'il était à l'heure. Tout ce que l'on pouvait dire, tout ce que l'on pouvait se dire, tout ce que je pouvais me dire, c'est que, dans n'importe quel rendez-vous, il faut toujours prévoir un quart d'heure de battement. Je n'aurais pas dû avoir besoin de me rassurer, je n'avais aucune raison d'être inquiet, néanmoins l'absence d'Otto Apfelstahl me mettait mal à l'aise. Il était plus de six heures, j'étais au bar, je l'attendais, alors qu'il aurait dû être lui au bar, en train de m'attendre moi.

Vers six heures vingt — j'avais abandonné le journal et depuis longtemps fini ma bière — je me décidai à partir. Peut-être y avait-il un message d'Otto Apfelstahl pour moi au bureau de l'hôtel, peut-être m'attendait-il dans l'un des salons de lecture, ou dans le hall, ou dans sa chambre, peut-être s'excusait-il et me proposait-il de remettre cet entretien à plus tard ? Tout à coup, il se fit comme un grand remue-ménage dans le hall : cinq à six personnes firent irruption dans le bar, s'attablèrent bruyamment. Presque au même instant, deux barmen surgirent de derrière le comptoir. Ils étaient jeunes et je ne pus m'empêcher de remarquer qu'à eux deux ils devaient tout juste atteindre l'âge de celui qui m'avait servi.

C'est au moment où j'appelai l'un des garçons pour lui régler ma consommation — mais il semblait trop occupé à prendre les commandes des clients récemment attablés pour faire attention à moi — qu'apparut Otto Apfelstahl : un homme qui, à peine entré dans un endroit public, s'arrête, et regarde tout autour de lui avec un soin particulier, avec un sentiment d'attention curieuse, et reprend sa marche dès que son regard a rencontré le vôtre, ne peut être que votre interlocuteur.

C'était un homme d'une quarantaine d'années,

plutôt petit, très maigre, avec un visage en lame de couteau, des cheveux très courts, déjà grisonnants, taillés en brosse. Il portait un costume croisé gris sombre. Si tant est qu'un homme puisse porter sa profession sur sa figure, il ne donnait pas l'impression d'être médecin, mais plutôt homme d'affaires, fondé de pouvoir d'une grande banque, ou avocat.

Il s'arrêta à quelques centimètres de moi.

— Vous êtes Gaspard Winckler ? me demandat-il, mais en fait la phrase était à peine interrogative, c'était plutôt une constatation.

— Euh... Oui... répondis-je stupidement, et en même temps je me levai, mais il me retint d'un geste :

— Non, non, restez assis, asseyons-nous, nous serons beaucoup mieux pour bavarder.

Il s'assit. Il considéra un instant mon verre vide.

« Vous aimez la bière, à ce que je vois. »

— Cela m'arrive, dis-je sans trop savoir que répondre.

— Je préfère le thé.

Il se tourna légèrement vers le comptoir, levant à demi deux doigts. Le garçon survint aussitôt.

— Un thé pour moi. Voulez-vous une autre bière ? me demanda-t-il.

J'acquiesçai.

— Et une bière pour monsieur.

J'étais de plus en plus mal à l'aise. Devais-je lui demander s'il s'appelait Otto Apfelstahl ? Devais-je lui demander, tout à trac, à brûle-pourpoint, ce qu'il me voulait ? Je sortis mon paquet de cigarettes et lui en offris une, mais il la refusa.

— Je ne fume que le cigare, et encore, seulement après mon repas du soir.

— Êtes-vous médecin ?

Ma question — contrairement à ce que j'avais naïvement pensé — ne parut pas le surprendre. C'est à peine s'il sourit.

— En quoi le fait que je ne fume le cigare qu'après mon repas du soir vous conduit-il à penser que je puisse être médecin ?

— Parce que c'est une des questions que je me pose à votre sujet depuis que j'ai reçu votre lettre.

— Vous en posez-vous beaucoup d'autres ?

— Quelques autres, oui.

— Lesquelles ?

— Eh bien, par exemple, que me voulez-vous ?

— Voilà en effet une question qui s'impose. Désirez-vous que j'y réponde tout de suite ?

— Je vous en serais très reconnaissant.

— Puis-je auparavant vous poser une question ?

— Je vous en prie.

— Vous êtes-vous déjà demandé ce qu'il était advenu de l'individu qui vous a donné votre nom ?

— Pardon ? fis-je sans comprendre.

VI

Je suis né le samedi 7 mars 1936, vers neuf heures du soir, dans une maternité sise 19, rue de l'Atlas, à Paris, 19e arrondissement. C'est mon père, je crois, qui alla me déclarer à la mairie. Il me donna un unique prénom — Georges — et déclara que j'étais français[1]. Lui-même et ma mère étaient polonais. Mon père n'avait pas tout à fait vingt-sept ans, ma mère n'en avait pas vingt-trois. Ils étaient mariés depuis un an et demi. En dehors du fait qu'ils habitaient à quelques mètres l'un de l'autre, je ne sais pas exactement dans quelles circonstances ils s'étaient rencontrés. J'étais leur premier enfant. Ils en eurent un second, en 1938 ou 1939, une petite fille qu'ils prénommèrent Irène, mais qui ne vécut que quelques jours[2].

Longtemps j'ai cru que c'était le 7 mars 1936 qu'Hitler était entré en Pologne. Je me trompais, de date ou de pays, mais au fond ça n'avait pas une grande importance. Hitler était déjà au pouvoir et les camps fonctionnaient très bien. Ce n'était pas dans Varsovie qu'Hitler entrait, mais ça aurait très bien pu l'être, ou bien dans le couloir de Dantzig, ou bien en Autriche, ou en Sarre, ou en Tchécoslovaquie. Ce qui était sûr, c'est qu'avait déjà commencé une histoire qui, pour moi et tous les miens, allait bientôt devenir vitale, c'est-à-dire, le plus souvent, mortelle[3].

1. En fait, cette déclaration, répondant aux dispositions de l'article 3 de la loi du 10 août 1927, fut souscrite par mon père quelques mois plus tard, très exactement le 17 août 1936, devant le juge de paix du 20e arrondissement. Je possède une copie certifiée conforme de cette déclaration, dactylographiée en violet sur une carte de correspondance datée du 23 septembre 1942 et expédiée le lendemain par ma mère à sa belle-sœur Esther, et qui constitue l'ultime témoignage que j'aie de l'existence de ma mère.

2. Selon ma tante Esther, qui est à ma connaissance la seule personne se souvenant aujourd'hui de l'existence de cette seule nièce qu'elle ait eue — son frère Léon a eu trois garçons —, Irène serait née en 1937 et serait morte au bout de quelques semaines, atteinte d'une malformation de l'estomac.

3. Par acquit de conscience, j'ai regardé dans des journaux de l'époque (principalement des numéros du *Temps* des 7 et 8 mars 1936) ce qui s'était précisément passé ce jour-là :

Coup de théâtre à Berlin ! Le pacte de Locarno est dénoncé par le Reich ! Les troupes allemandes entrent dans la zone rhénane démilitarisée.

Dans un journal américain, Staline dénonce l'Allemagne comme foyer belliqueux.

Grève des employés d'immeubles new-yorkais.

Conflit italo-éthiopien. Ouverture éventuelle de négociations pour la cessation des hostilités.

Crise au Japon.

Réforme électorale en France.

Négociations germano-lituaniennes.

Procès en Bulgarie à la suite de séditions dans l'armée.

Carlos Prestès arrêté au Brésil ; il aurait été dénoncé par un communiste américain qui s'est suicidé.

Avance des troupes communistes au nord de la Chine.

Bombardement d'ambulances par les Italiens en Éthiopie.

En Pologne, interdiction de l'abattage des bêtes selon le rite talmudique.

En Autriche, condamnation de nazis accusés de préparer des attentats.

Attentat contre le président du Conseil yougoslave : le député Arnaoutovitch tire sans l'atteindre sur le président Stojadinovitch.

Incidents à la faculté de droit de Paris. Le cours de M. Jèze est interrompu à l'aide de boules puantes.

Contre-manifestation de l'Union fédérale des Étudiants et des Étudiants neutralistes.

Renault fabrique la Nerva grand sport.

Intégrale de *Tristan und Isolde* à l'Opéra.

Élection de Florent Schmitt à l'Institut.

Commémoration du centenaire d'Ampère.

La demi-finale de la Coupe de France de football opposera Charleville au Red Star, d'une part, et les vainqueurs des matches Sochaux-Fives et Racing-Lille, d'autre part.

Projet de Maison de la Radio.

Gibbs recommande, pour les peaux grasses, la crème de savon Gibbs ; pour les épidermes secs, la crème rapide sans savon Gibbs.

Scarface aux Ursulines.

Tchapaïev au Panthéon.

Samson au Paramount.

La Guerre de Troie n'aura pas lieu à l'Athénée. *Anne-Marie*, de Raymond Bernard, scénario d'Antoine de Saint-Exupéry, avec Annabella et Pierre-Richard Wilm, à la Madeleine. On annonce pour le vendredi 13 mars la première des *Temps modernes*, de Charlie Chaplin.

VII

— *Vous ne comprenez pas ? me demanda au bout d'un instant Otto Apfelstahl en me regardant par-dessus sa tasse de thé.*

— *Disons que votre question est pour le moins ambiguë.*

— *Ambiguë ?*

— *Il n'y a pas qu'une seule personne qui m'ait, comme vous dites, donné mon nom.*

— *Je vais donc vous préciser ma question, puisque vous pensez que cela est nécessaire ; je ne fais pas allusion à votre père, ni à l'un des membres de votre famille ou de votre entourage dont vous pourriez tenir votre prénom, c'est une coutume, je crois, encore assez répandue ; je ne pense pas non plus à l'un de ceux qui, il y a cinq ans, vous ont aidé à acquérir votre actuelle identité, mais, bel et bien, à celui dont vous portez le nom.*

— *À celui dont je porte le nom !*

— *Vous l'ignoriez ?*

— *Je l'ignorais, en effet. Et que fait-il ?*

— *Nous voudrions bien le savoir. C'est d'ailleurs le seul but de cette entrevue.*

— *Je ne vois pas en quoi je pourrais vous être*

utile. J'ai toujours pensé que les papiers que l'on m'avait donnés étaient faux.

— Gaspard Winckler était à l'époque un enfant de huit ans. Il était sourd-muet. Sa mère, Caecilia, était une cantatrice autrichienne, mondialement connue, qui s'était réfugiée en Suisse pendant la guerre. Gaspard était un garçon malingre et rachitique, que son infirmité condamnait à un isolement presque total. Il passait la plupart de ses journées accroupi dans un coin de sa chambre, négligeant les fastueux jouets que sa mère ou ses proches lui offraient quotidiennement, refusant presque toujours de se nourrir. Pour vaincre cet état de prostration qui la désespérait, sa mère résolut de lui faire faire le tour du monde ; elle pensait que la découverte de nouveaux horizons, les changements de climat et de rythme de vie auraient un effet salutaire sur son fils et peut-être même déclencheraient un processus au terme duquel il pourrait retrouver l'ouïe et la parole, car tous les médecins consultés étaient formels sur ce point, aucune lésion interne, aucun dérèglement génétique, aucune malformation anatomique ou physiologique n'étaient responsables de sa surdimutité, qui ne pouvait être imputée qu'à un traumatisme enfantin dont, malheureusement, les tenants et les aboutissants étaient encore inconnus, bien que l'enfant eût été montré à de nombreux psychiatres. Tout ceci, me direz-vous, semble n'avoir que peu de rapports avec votre propre aventure et ne vous explique toujours pas comment vous avez pu vous retrouver sous l'identité de ce pauvre enfant. Pour le comprendre, il vous faut tout d'abord savoir que, à la fois par précaution et par goût du travail bien fait, l'organisation de soutien qui vous prit en charge ne se servait pas de faux papiers, mais de passeports, cartes d'identité et tampons authentiques qui lui étaient fournis par des employés d'administration acquis à sa cause. Il se trouve que le fonctionnaire genevois qui devait s'occuper de votre cas mourut trois jours avant votre arrivée en Suisse, sans avoir rien préparé, alors que l'on avait déjà fixé tous les relais, toutes les étapes de votre voyage ultérieur. L'organisation fut prise de court. C'est alors qu'intervint Caecilia Winckler, qui appartenait à cette organisation, qui en était même une des principales responsables en Suisse. Et c'est ainsi que, pour parer au plus pressé, l'on vous remit le passeport, à peine maquillé, que Caecilia avait fait établir quelques semaines auparavant pour son propre fils.

— Et lui ?

— Les règlements internationaux admettent volontiers qu'un enfant mineur partage le passeport d'un de ses parents.

— Mais que serait-il arrivé ensuite ?

— Rien, je suppose ; ils se seraient arrangés pour que Gaspard obtienne un autre passeport ; je ne pense pas qu'ils aient songé à vous redemander un jour le vôtre.

— Alors pourquoi pensez-vous que j'aurais pu les rencontrer ?

— Vous ai-je dit quelque chose de semblable ? Vous ne me laissez pas continuer : quelques semaines après votre passage à Genève, lorsqu'on fut sûr que vous étiez en sécurité, Caecilia et Gaspard partirent pour Trieste, où ils embarquèrent à bord d'un yacht de vingt-cinq mètres, Le Sylvandre, un magnifique bâtiment capable de leur faire traverser les pires typhons. Ils étaient six à bord : Caecilia, Gaspard, Hugh Barton, un ami de Caecilia qui était en quelque sorte le commandant de bord, deux matelots maltais qui faisaient aussi fonction de steward et de cuisinier, et un jeune précepteur, Angus Pilgrim, spécialisé dans l'éducation des sourds-muets. Il ne semble pas, contrairement à l'espoir de Caecilia, que le voyage ait amélioré l'état de Gaspard, qui, la plupart du temps, restait dans sa cabine et ne consentait qu'exceptionnellement à monter sur le pont pour regarder la mer. De la lecture des lettres que Caecilia, Hugh Barton, Angus Pilgrim et même Zeppo et Felipe, les deux matelots, écrivirent à cette époque, et que, pour des raisons que vous ne tarderez pas à comprendre, j'ai été amené à consulter, il se dégage, au fil des mois, une impression poignante : ce voyage conçu avant tout comme une cure perd peu à peu sa raison d'être ; il apparaît de plus en plus nettement qu'il a été inutile de l'entreprendre, mais il n'y a non plus aucune raison de l'interrompre ; le bateau erre, poussé par les vents, d'une côte à l'autre, d'un port à l'autre, s'arrête un mois ici, trois mois là, cherchant de plus en plus vainement l'espace, la crique, l'horizon, la plage, la jetée où le miracle pourrait se produire ; et le plus étrange est encore que plus le voyage se poursuit et plus chacun semble persuadé qu'un tel endroit existe, qu'il y a quelque part sur la mer une île, un atoll, un roc, un cap, où soudain tout pourra arriver, où tout se déchirera, tout s'éclairera, qu'il suffira d'une aurore un peu particulière, ou d'un coucher de soleil, ou de n'importe quel événement sublime ou dérisoire, un passage d'oiseaux, un troupeau de baleines, la pluie, le calme plat, la tor-

peur d'une journée torride. Et chacun se raccroche à cette illusion, jusqu'au jour où, au large de la Terre de Feu, pris dans une de ces soudaines tornades qui sont là-bas presque quotidiennes, le bateau sombre.

VIII

Je possède une photo de mon père et cinq de ma mère (au dos de la photo de mon père, j'ai essayé d'écrire, à la craie, un soir que j'étais ivre, sans doute en 1955 ou 1956 : « Il y a quelque chose de pourri dans le royaume de Danemark. » Mais je n'ai même pas réussi à tracer la fin du quatrième mot). De mon père, je n'ai d'autre souvenir que celui de cette clé ou pièce qu'il m'aurait donnée un soir en revenant de son travail. De ma mère, le seul souvenir qui me reste est celui du jour où elle m'accompagna à la gare de Lyon d'où, avec un convoi de la Croix-Rouge, je partis pour Villard-de-Lans : bien que je n'aie rien de cassé, je porte le bras en écharpe. Ma mère m'achète un Charlot intitulé *Charlot parachutiste* : sur la couverture illustrée, les suspentes du parachute ne sont rien d'autre que les bretelles du pantalon de Charlot.

*

Le projet d'écrire mon histoire s'est formé presque en même temps que mon projet d'écrire. Les deux textes qui suivent datent de plus de quinze ans. Je les recopie sans rien y changer, renvoyant en note les rectifications et les commentaires que j'estime aujourd'hui devoir ajouter.

1

Sur la photo le père a l'attitude du père. Il est grand. Il a la tête nue, il tient son calot à la main. Sa capote descend très bas[1]. Elle est serrée à la taille par l'un de ces ceinturons de gros cuir qui ressemblent aux sangles des vitres dans les wagons de troisième classe. On devine, entre les godillots nets de poussière — c'est dimanche — et le bas de la capote, les bandes molletières interminables.

Le père sourit. C'est un simple soldat. Il est en permission à Paris, c'est la fin de l'hiver, au bois de Vincennes[2].

Mon père fut militaire pendant très peu de temps. Pourtant quand je pense à lui c'est toujours à un soldat que je pense. Il fut un peu coiffeur, il fut fondeur et mouleur, mais je ne parviens pour ainsi dire jamais à me l'imaginer comme un ouvrier[3]. Je vis un jour une photo de lui où il était « en civil » et j'en fus très étonné ; je l'ai toujours connu soldat. Pendant longtemps sa photo, dans un cadre de cuir qui fut l'un des premiers cadeaux que je reçus après la guerre, fut au chevet de mon lit[4].

J'ai sur mon père beaucoup plus de renseignements que sur ma mère parce que je fus adopté par ma tante paternelle. Je sais où il naquit, je saurais à la rigueur le décrire, je sais comment il fut élevé ; je connais certains traits de son caractère.

Ma tante paternelle était riche[5]. C'est elle qui vint d'abord en France et qui y fit venir ses parents et ses deux frères. L'un de ceux-ci partit faire fortune en Israël[6]. Ce n'était pas mon père. L'autre essaya mollement de se faire une petite place dans le monde des diamantaires où son beau-frère l'avait introduit, mais après quelques mois de sertissage, il préféra renoncer à faire son chemin dans la vie et devint ouvrier spécialisé[7].

J'aime beaucoup dans mon père son insouciance. Je vois un homme qui sifflote. Il avait un nom sympathique : André. Mais ma déception fut vive le jour où j'appris qu'il s'appelait en réalité — disons, sur les actes officiels — Icek Judko, ce qui ne voulait pas dire grandchose[8].

Ma tante qui l'aimait beaucoup, qui l'éleva presque seule, et qui prit l'engagement solennel de s'occuper de moi, ce qu'elle fit d'ailleurs fort bien, me dit un jour que c'était un poète : il faisait l'école buissonnière ; il n'aimait pas porter de cravate ; il se sentait mieux en compagnie de ses copains qu'avec les diamantaires (ce qui ne m'explique pas pourquoi il ne choisissait pas ses copains chez les diamantaires)[9].

Mon père était aussi un brave à trois poils. Le jour où la guerre éclata, il alla au bureau de recrutement et s'engagea. On le mit au douzième régiment étranger.

Les souvenirs que j'ai de mon père ne sont pas très nombreux.

À une certaine époque de ma vie, la même d'ailleurs que celle à laquelle j'ai précédemment fait allusion, l'amour que je portais à mon père s'intégra dans une passion féroce pour les soldats de plomb. Ma tante me somma un jour de choisir pour la Noël entre des patins à roulettes et un groupe de fantassins. Je choisis les fantassins ; elle ne prit même pas la peine de m'en dissuader et entra acheter les patins, ce que je mis longtemps à lui pardonner. Plus tard, lorsque je commençais d'aller au lycée, elle me donnait chaque matin deux francs (je crois que c'était deux francs) pour mon autobus. Mais je mettais l'argent dans ma poche et j'allais au lycée à pied, ce qui me faisait arriver en retard, mais me permettait, trois fois la semaine, d'acheter un soldat (de terre, hélas) dans un petit magasin situé sur mon itinéraire. Un jour même, voyant en vitrine un soldat accroupi porteur d'un téléphone de campagne, je me souvins que mon père était dans les transmissions[10] et ce soldat, acheté dès le lendemain, devint le centre habituel des opérations stratégiques ou tactiques que j'entreprenais avec ma petite armée.

J'imaginais pour mon père plusieurs morts glorieuses. La plus belle était qu'il avait été fauché par un tir de mitrailleuses alors qu'estafette il portait au général Huntelle le message de la victoire.

J'étais un peu bête. Mon père était mort d'une mort idiote et lente. C'était le lendemain de l'armistice[11]. Il s'était trouvé sur le chemin d'un obus perdu. L'hôpital était comble. Il est maintenant redevenu une petite église déserte dans une petite ville inerte. Le cimetière est bien entretenu. Dans un coin pourrissent quelques bouts de bois avec des noms et des matricules.

J'allai une fois sur ce que l'on peut appeler la tombe de mon père. C'était un premier novembre. Il y avait de la boue partout[12].

Il me semble parfois que mon père n'était pas un imbécile. Je me dis ensuite que ce genre de définitions, positive ou négative, n'a pas une très grande portée. Néanmoins, cela me réconforte un peu de savoir qu'il y avait en lui de la sensibilité et de l'intelligence.

Je ne sais pas ce qu'aurait fait mon père s'il avait vécu. Le plus curieux est que sa mort, et celle de ma mère, m'apparaît trop souvent comme une évidence. C'est rentré dans l'ordre des choses.

2

Cyrla Schulevitz[13], ma mère, dont j'appris, les rares fois où j'entendis parler d'elle, qu'on l'appelait plus communément Cécile[14], naquit le 20 août 1913 à Varsovie. Son père, Aaron, était artisan ; sa mère, Laja, née Klajnerer[15], tenait le ménage. Cyrla était la troisième fille et le septième enfant[16]. Sa naissance fatigua beaucoup la mère, qui n'eut plus ensuite qu'une fille, d'un an la cadette de ma mère et que l'on prénomma Soura[17].

Ces renseignements, quasi statistiques et qui

n'ont pour moi qu'un intérêt assez restreint, sont les seuls que je possède concernant l'enfance et la jeunesse de ma mère. Ou plutôt, pour être précis, les seuls dont je sois sûr. Les autres, bien qu'il me semble parfois qu'on me les a effectivement racontés et que je les tiens d'une source digne de foi, sont vraisemblablement à porter au compte des relations imaginaires assez extraordinaires que j'entretins régulièrement à certaine époque de ma brève existence avec ma branche maternelle[18].

Cette précision apportée, je dirai donc que je suppose que l'enfance de ma mère fut sordide et sans histoire. Née en 1913, elle ne put faire autrement que de grandir dans la guerre. Puis elle était juive et pauvre. Sans doute l'affubla-t-on des hardes que six enfants avant elle avaient portées, sans doute la délaissa-t-on vite au profit du souci de mettre le couvert, d'éplucher les légumes, de faire la vaisselle. Il me semble voir, lorsque je pense à elle, une rue tortueuse du ghetto, avec une lumière blafarde, de la neige peut-être, des échoppes misérables et mal éclairées, devant lesquelles stagnent d'interminables queues. Et ma mère là-dedans, petite chose de rien du tout, haute comme trois pommes, enveloppée quatre fois dans un châle tricoté, traînant derrière elle un cabas tout noir qui fait deux fois son poids[19].

Encore lui fais-je grâce des mauvais traitements, bien que je sois enclin à penser que, dans le milieu et dans les circonstances que je viens si brièvement d'évoquer, ils aient pu être monnaie courante. Je vois au contraire une grande douceur et une grande patience, beaucoup d'amour. Aaron, mon grand-père, que je ne connus jamais, prend souvent l'aspect d'un sage. Au soir, ses outils soigneusement rangés[20], il chausse des lunettes à monture d'acier et il lit la Bible en psalmodiant. Les enfants sont vertueux et disposés en rang d'oignon autour de la table et Laja prend l'assiette qu'ils lui tendent tour à tour et y verse une louche de soupe[21].

Je ne vois pas ma mère vieillir. Les années passent pourtant ; je ne sais comment elle grandit ; je ne sais ni ce qu'elle découvre ni ce qu'elle pense. Il me semble que très longtemps les choses continuent à être pour elle ce qu'elles ont toujours été : la pauvreté, la peur, l'ignorance. Apprit-elle à lire ? Je n'en sais rien[22]. Il m'arrive d'avoir envie de le savoir, mais trop de choses maintenant m'éloignent à jamais de ces souvenirs. L'image que j'ai d'elle, arbitraire et schématique, me convient ; elle lui ressemble, elle la définit, pour moi, presque parfaitement.

Il n'y eut dans la vie de ma mère qu'un seul événement : un jour elle sut qu'elle allait partir pour Paris. Je crois qu'elle rêva. Elle alla chercher, quelque part, un atlas, une carte, une image, elle vit la tour Eiffel ou l'Arc de triomphe. Elle pensa peut-être à des tas de choses : sans doute pas aux toilettes ou aux bals, mais peut-être au climat doux, à la tranquillité, au bonheur. On dut lui dire qu'il n'y aurait plus de massacres et plus de ghettos, et de l'argent pour tout le monde.

Le départ se fit. Je ne sais ni quand, ni comment, ni pourquoi. Était-ce un pogrom qui les chassait, quelqu'un qui les faisait venir[23] ? Je sais qu'ils arrivèrent à Paris, ses parents, elle, Soura la jeune sœur, les autres peut-être aussi. Ils s'installèrent dans le vingtième arrondissement, dans une rue dont j'ai oublié le nom.

Laja, la mère, mourut. Ma mère apprit, je crois, le métier de coiffeuse. Puis elle rencontra mon père. Ils se marièrent. Elle avait vingt et un ans et dix jours. C'était le 30 août 1934 à la Mairie du vingtième. Ils s'installèrent rue Vilin ; ils prirent en gérance un petit salon de coiffure.

Je naquis au mois de mars 1936. Ce furent peut-être trois années d'un bonheur relatif que vinrent noircir sans doute les maladies de ma prime enfance (coqueluche, rougeole, varicelle)[24], plusieurs sortes de difficultés matérielles, un avenir qui s'annonçait mal.

La guerre survint. Mon père s'engagea et mourut. Ma mère devint veuve de guerre. Elle prit le deuil. Elle me mit en nourrice. Son salon fut fermé. Elle s'engagea comme ouvrière dans une fabrique de réveille-matin[25]. Il me semble me souvenir qu'elle se blessa un jour et eut la main transpercée. Elle porta l'étoile.

Un jour elle m'accompagna à la gare. C'était en 1942. C'était la gare de Lyon. Elle m'acheta un illustré qui devait être un Charlot. Je l'aperçus, il me semble, agitant un mouchoir blanc sur le quai cependant que le train se mettait en route. J'allais à Villard-de-Lans, avec la Croix-Rouge.

Elle tenta plus tard, me raconta-t-on, de passer la Loire. Le passeur qu'elle alla trouver, et dont sa belle-sœur, déjà en zone libre, lui avait communiqué l'adresse, se trouva être absent. Elle n'insista pas davantage et retourna à Paris. On lui conseilla de déménager, de se cacher. Elle n'en fit rien. Elle pensait que son titre de veuve de guerre lui éviterait tout ennui[26]. Elle fut prise dans une rafle avec sa sœur, ma tante. Elle fut internée à Drancy le 23 janvier 1943, puis déportée le 11 février suivant en direction d'Auschwitz. Elle revit son pays natal avant de mourir. Elle mourut sans avoir compris.

1. Non, précisément, la capote de mon père ne descend pas très bas : elle arrive aux genoux ; de plus, les pans sont relevés à mi-cuisse. On ne peut donc pas dire que l'on « devine » les bandes molletières : on les voit entièrement et l'on découvre une grande partie du pantalon.

2. Dimanche, permission, bois de Vincennes : rien ne permet de l'affirmer. La troisième photo que j'ai de ma mère — l'une de celles où je suis avec elle — a été prise au bois de Vincennes. Celle-ci, je dirais plutôt aujourd'hui qu'elle a été prise à l'endroit même où mon père était cantonné ; à en juger par son seul format (15,5 × 11,5 cm) ce n'est pas une photo d'amateur : mon père,

dans son uniforme quasi neuf, a posé devant un des photographes ambulants qui font les Conseils de révision, les casernes, les mariages et les classes en fin d'année scolaire.

3. Mon père est venu en France en 1926, quelques mois avant ses parents David et Rose (Rozja). Il avait été auparavant mis en apprentissage chez un chapelier de Varsovie. Sa sœur aînée, Esther (qui depuis m'a adopté), était déjà à Paris depuis cinq ans et il a vécu chez elle, rue Lamartine, pendant quelque temps, apprenant, avec, paraît-il, une grande facilité, le français. Le mari d'Esther, David, travaillait dans une maison de perles fines et il n'est pas impossible qu'il ait proposé à mon père de travailler dans la bijouterie. Ce qui est sûr, en tout cas, c'est que Rose, femme d'une grande énergie, a ouvert un petit magasin d'alimentation et que mon père a été son commis : c'est lui qui allait, la nuit, chercher les marchandises aux Halles. Il est à peu près certain qu'il était aussi, et peut-être en même temps, ouvrier : plusieurs papiers le désignent comme « tourneur sur métaux », mais je ne sais pas si c'était en usine ou dans un petit atelier. Il a peut-être aussi travaillé dans une boulangerie de la rue Cadet dont l'arrière-boutique aurait donné sur la cour de l'immeuble dans lequel travaillait David. D'autres papiers font de lui un « mouleur », un « fondeur » et même un « coiffeur artisan » ; mais il est peu vraisemblable qu'il ait appris la coiffure ; ma mère s'occupait seule — ou peut-être avec sa sœur Fanny — du petit salon de coiffure qu'elle avait pris en gérance.

4. C'est à cause de ce cadeau, je pense, que j'ai toujours cru que les cadres étaient des objets précieux. Aujourd'hui encore, je m'arrête devant les marchands d'articles de photo pour les regarder et je m'étonne chaque fois d'en trouver à cinq ou dix francs dans les Prisunic.

5. Il serait plus juste de dire qu'elle était en train de le devenir.

6. C'était à l'époque, évidemment, la Palestine.

7. Même si c'était déjà d'une façon négative, j'étais encore fortement marqué par les critères de réussite sociale et économique qui constituaient l'essentiel de l'idéologie de ma famille adoptive.

8. Icek est évidemment Isaac et Judko est sans doute un diminutif de Jehudi. On aurait effectivement pu appeler mon père André, comme, d'une façon à peine moins arbitraire, on appelait son frère aîné (celui qui partit faire fortune en Palestine) Léon, alors que son prénom d'état civil était Eliezer. En fait, tout le monde appelait mon père Isie (ou Izy). Je suis le seul à avoir cru, pendant de très nombreuses années, qu'il s'appelait André. J'ai eu un jour une discussion avec ma tante sur ce sujet. Elle pense que c'était peut-être un surnom qu'il aurait eu pour ses relations de travail ou de café. Pour ma part, je pense plutôt qu'entre 1940 et 1945, lorsque la plus élémentaire prudence exigeait que l'on s'appelle Bienfait ou Beauchamp au lieu de Bienenfeld, Chevron au lieu de Chavranski, ou Normand au lieu de Nordmann, on a pu me dire que mon père s'appelait André, ma mère Cécile, et que nous étions bretons.

Le nom de ma famille est Peretz. Il se trouve dans la Bible. En hébreu, cela veut dire « trou », en russe « poivre », en hongrois (à Budapest, plus précisément), c'est ainsi que l'on désigne ce que nous appelons « Bretzel » (« Bretzel » n'est d'ailleurs rien d'autre qu'un diminutif (Beretzele) de Beretz, et Beretz, comme Baruk ou Barek, est forgé sur la même racine que Peretz — en arabe, sinon en hébreu, B et P sont une seule et même lettre).

Les Peretz font volontiers remonter leur origine à des juifs espagnols chassés par l'Inquisition (les Perez seraient des Maranes) et dont on peut tracer la migration en Provence (Peiresc), puis dans les États du Pape, enfin en Europe centrale, principalement en Pologne, accessoirement en Roumanie et en Bulgarie. L'une des figures centrales de la famille est l'écrivain yiddish polonais Isak Leibuch Peretz, auquel tout Peretz qui se respecte se rattache au prix d'une recherche généalogique parfois acrobatique. Je serais, quant à moi, l'arrière-petit-neveu d'Isak Leibuch Peretz. Il aurait été l'oncle de mon grand-père.

Mon grand-père s'appelait David Peretz et vivait à Lubartow. Il eut trois enfants : l'aînée s'appelle Esther Chaja Perec ; le puîné Eliezer Peretz, et le cadet Icek Judko Perec. Dans l'intervalle séparant leurs trois naissances, c'est-à-dire entre 1896 et 1909, Lubartow aurait été successivement russe, puis polonaise, puis russe à nouveau. Un employé d'état civil qui entend en russe et écrit en polonais entendra, m'a-t-on expliqué, Peretz et écrira Perec. Il n'est pas impossible que ce soit le contraire : selon ma tante, ce sont les Russes qui auraient écrit « tz » et les Polonais qui auraient écrit « c ». Cette explication signale, plus qu'elle n'épuise, toute l'élaboration fantasmatique, liée à la dissimulation patronymique de mon origine juive, que j'ai faite autour du nom que je porte et que repère, en outre, la minuscule différence existant entre l'orthographe du nom et sa prononciation : ce devrait être Pérec ou Perrec (et c'est toujours ainsi, avec un accent aigu ou deux « r », qu'on l'écrit spontanément) ; c'est Perec, sans pour autant se prononcer Peurec.

9. Ce n'est évidemment pas à mon père que je m'intéresse ici ; c'est plutôt un règlement de comptes avec ma tante.

10. Je ne sais quelle est l'origine de ce souvenir que rien n'a jamais confirmé.

11. Ou plutôt, très exactement le jour même, le 16 juin 1940, à l'aube. Mon père fut fait prisonnier alors qu'il avait été blessé au ventre par un tir de mitrailleuses ou par un éclat d'obus. Un officier allemand accrocha sur son uniforme une étiquette portant la mention « À opérer d'urgence » et il fut transporté dans l'église de Nogent-sur-Seine, dans l'Aube, à une centaine de kilomètres de Paris ; l'église avait été transformée en hôpital pour les prisonniers de guerre ; mais elle était bondée et il n'y avait sur place qu'un seul infirmier. Mon père perdit tout son sang et mourut pour la France avant d'avoir été opéré. Messieurs Julien Baude, contrôleur principal des Contributions indirectes,

âgé de trente-neuf ans, domicilié à Nogent-sur-Seine, avenue Jean-Casimir-Perier, n° 13, et René Edmond Charles Gallée, maire de ladite ville, dressèrent l'acte de décès le même jour à neuf heures. Mon père aurait eu trente et un ans trois jours plus tard.

12. C'était en 1955 ou en 1956. Ce pèlerinage a duré une journée entière. J'ai passé tout l'après-midi dans un snack-bar désert à attendre le train qui me ramènerait à Paris. Ma visite au cimetière a été très brève. Je n'ai pas eu à chercher long-temps parmi les deux ou trois centaines de croix du cimetière militaire (simple carré dans un des coins du cimetière de la ville). La découverte de la tombe de mon père, des mots PEREC ICEK JUDKO suivis d'un numéro matricule, inscrits au pochoir sur la croix de bois, encore tout à fait lisibles, m'a causé une sensation difficile à décrire : l'impres-sion la plus tenace était celle d'une scène que j'étais en train de jouer, de me jouer : quinze ans plus tard, le fils vient se recueillir sur la tombe de son père ; mais il y avait, sous le jeu, d'autres choses : l'étonnement de voir mon nom sur une tombe (car l'une des particularités de mon nom a longtemps été d'être unique : dans ma famille per-sonne d'autre ne s'appelait Perec), le sentiment ennuyeux d'accomplir quelque chose qu'il m'avait toujours fallu accomplir, qu'il m'aurait été impos-sible de ne jamais accomplir, mais dont je ne sau-rais jamais pourquoi je l'accomplissais, l'envie de dire quelque chose, ou de penser à quelque chose, un balancement confus entre une émotion incoer-cible à la limite du balbutiement et une indif-

férence à la limite du délibéré, et, en dessous, quelque chose comme une sérénité secrète liée à l'ancrage dans l'espace, à l'encrage sur la croix, de cette mort qui cessait enfin d'être abstraite (ton père *est* mort, ou, à l'école, quand à la rentrée d'octobre on remplissait les petites fiches pour les professeurs qui ne vous connaissaient pas : profession du père : décédé), comme si la découverte de ce minuscule espace de terre clôturait enfin cette mort que je n'avais jamais apprise, jamais éprouvée, jamais connue ni reconnue, mais qu'il m'avait fallu, pendant des années et des années, déduire hypocritement des chuchotis apitoyés et des baisers soupirants des dames.

Je portais ce jour-là, pour la première fois, une paire de chaussures noires et un costume croisé sombre à fines rayures blanches, parfaitement hideux, dont je ne sais plus quel membre de ma famille adoptive avait eu la bonté de se débarrasser sur moi. Je revins à Paris crotté jusqu'en haut des mollets. Chaussures et costume furent nettoyés, mais je m'arrangeai pour ne plus jamais les remettre.

13. J'ai fait trois fautes d'orthographe dans la seule transcription de ce nom : Szulewicz au lieu de Schulevitz.

14. Je dois à ce prénom d'avoir pour ainsi dire toujours su que sainte Cécile est la patronne des musiciennes et que la cathédrale d'Albi — que je n'ai vue qu'en 1971 — lui est consacrée.

15. Klajnlerer au lieu de Klajnerer.

16. On ne m'a parlé que de sa petite sœur et de deux frères, devenus maroquiniers, dont l'un est

peut-être encore aujourd'hui installé à Lyon. Il me semble que vers 1946 un de mes oncles maternels est venu rue de l'Assomption — où ma tante Esther m'avait recueilli — et y a passé une nuit. Il me semble aussi que, vers cette même époque, j'ai rencontré un homme qui avait été dans le même régiment que mon père.

17. Il ne peut s'agir que de ma tante Fanny ; il est possible que son prénom officiel ait été Soura ; j'ai oublié de quelle source je tiens tous ces renseignements.

18. Je ne dirais évidemment plus les choses de cette manière aujourd'hui.

19. Je n'arrive pas à préciser exactement les sources de cette fabulation ; l'une d'entre elles est certainement *La petite marchande d'allumettes* d'Andersen ; une autre est peut-être l'épisode de Cosette chez les Thénardier ; mais il est probable que l'ensemble renvoie à un scénario très précis.

20. En fait, Aaron — ou Aron — Szulewicz, que je connus autant, ou aussi peu, que mon autre grand-père, n'était pas artisan mais marchand des quatre-saisons.

21. Cette fois-ci, l'image se réfère explicitement aux illustrations traditionnelles du Petit Poucet et de ses frères, ou encore aux nombreux enfants de Louis Jouvet dans *Drôle de Drame*.

22. Ma mère apprit, en France, à écrire le français, mais elle faisait beaucoup de fautes ; pendant la guerre, ma cousine Bianca lui donna quelques leçons.

23. En fait, ma mère est arrivée à Paris, avec sa

famille, alors qu'elle était toute petite, c'est-à-dire sans doute immédiatement après la fin de la Première Guerre mondiale.

24. Ces détails, comme la plupart de ceux qui précèdent, sont donnés complètement au hasard. Par contre, je porte encore sur la plupart des doigts de mes deux mains, à la jonction des phalanges et des phalangettes, les marques d'un accident qui me serait arrivé alors que j'avais quelques mois : une bouillotte en terre, préparée par ma mère, se serait ouverte ou cassée, m'ébouillantant complètement les mains.

25. Il s'agit de la Compagnie industrielle de Mécanique horlogère, plus connue sous le nom de « Jaz ». Ma mère y fut employée en qualité d'ouvrière sur machine du 11 décembre 1941 au 8 décembre 1942.

26. Il existait effectivement un certain nombre de décrets français censés protéger certaines catégories de personnes : veuves de guerre, vieillards, etc. J'ai eu beaucoup de mal à comprendre comment ma mère et tant d'autres avec elle ont pu un seul instant y croire.

Nous n'avons jamais pu retrouver de trace de ma mère ni de sa sœur. Il est possible que, déportées en direction d'Auschwitz, elles aient été dirigées sur un autre camp ; il est possible aussi que tout leur convoi ait été gazé en arrivant. Mes deux grands-pères furent également déportés ; David Peretz, dit-on, mourut étouffé dans le train ; on n'a retrouvé aucune trace d'Aron Szulewicz. Ma grand-mère paternelle, Rose, dut au seul hasard de ne pas être arrêtée : elle était chez une voisine quand les gendarmes vinrent chez elle ; elle se réfugia quelque temps dans le couvent du Sacré-Cœur et parvint à passer en zone libre, non pas, comme je le crus longtemps, en se faisant enfermer dans une malle, mais en se cachant dans la cabine du conducteur du train.

Ma mère n'a pas de tombe. C'est seulement le 13 octobre 1958 qu'un décret la déclara officiellement décédée, le 11 février 1943, à Drancy (France). Un décret ultérieur, du 17 novembre 1959, précisa que, « si elle avait été de nationalité française », elle aurait eu droit à la mention « Mort pour la France ».

*

Je dispose d'autres renseignements concernant mes parents ; je sais qu'ils ne me seront d'aucun secours pour dire ce que je voudrais en dire.

Quinze ans après la rédaction de ces deux textes, il me semble toujours que je ne pourrais que les répéter : quelle que soit la précision des détails vrais ou faux que je pourrais y ajouter, l'ironie, l'émotion, la sécheresse ou la passion dont je pourrais les enrober, les fantasmes auxquels je pourrais donner libre cours, les fabulations que je pourrais développer, quels que soient, aussi, les progrès que j'ai pu faire depuis quinze ans dans l'exercice de l'écriture, il me semble que je ne parviendrai qu'à un ressassement sans issue. Un texte sur mon père, écrit en 1970, et plutôt pire que le premier, m'en persuade assez pour me décourager de recommencer aujourd'hui.

Ce n'est pas, comme je l'ai longtemps avancé,

l'effet d'une alternative sans fin entre la sincérité d'une parole à trouver et l'artifice d'une écriture exclusivement préoccupée de dresser ses remparts : c'est lié à la chose écrite elle-même, au projet de l'écriture comme au projet du souvenir.

Je ne sais pas si je n'ai rien à dire, je sais que je ne dis rien ; je ne sais pas si ce que j'aurais à dire n'est pas dit parce qu'il est l'indicible (l'indicible n'est pas tapi dans l'écriture, il est ce qui l'a bien avant déclenchée) ; je sais que ce que je dis est blanc, est neutre, est signe une fois pour toutes d'un anéantissement une fois pour toutes.

C'est cela que je dis, c'est cela que j'écris et c'est cela seulement qui se trouve dans les mots que je trace, et dans les lignes que ces mots dessinent, et dans les blancs que laisse apparaître l'intervalle entre ces lignes : j'aurai beau traquer mes lapsus (par exemple, j'avais écrit « j'ai commis », au lieu de « j'ai fait », à propos des fautes de transcription dans le nom de ma mère), ou rêvasser pendant deux heures sur la longueur de la capote de mon papa, ou chercher dans mes phrases, pour évidemment les trouver aussitôt, les résonances mignonnes de l'Œdipe ou de la castration, je ne retrouverai jamais, dans mon ressassement même, que l'ultime reflet d'une parole absente à l'écriture, le scandale de leur silence et de mon silence : je n'écris pas pour dire que je ne dirai rien, je n'écris pas pour dire que je n'ai rien à dire. J'écris : j'écris parce que nous avons vécu ensemble, parce que j'ai été un parmi eux, ombre au milieu de leurs ombres, corps près de leur corps ; j'écris

parce qu'ils ont laissé en moi leur marque indélé-
bile et que la trace en est l'écriture : leur souvenir
est mort à l'écriture ; l'écriture est le souvenir de
leur mort et l'affirmation de ma vie.

IX

— *Et ensuite ?*

— *Et ensuite quoi ?*

— *Que viens-je faire d'autre dans cette histoire que d'y avoir un homonyme noyé ?*

— *Pour l'instant, rien. Ce serait plutôt à mon tour d'y entrer. Le bref résumé de ces événements vous a peut-être fait croire que je connaissais intimement la famille Winckler, ou que j'appartenais au réseau dont l'aide vous a permis de trouver, ici même, sous le couvert d'une nouvelle identité, une sécurité que rien, jusqu'à présent, n'est venu menacer. Il n'en est rien. Jusqu'à il y a quinze mois, plus précisément jusqu'au 9 mai de l'année dernière, date la plus probable du naufrage, votre histoire, comme celle de votre homologue, m'était inconnue. Bien que médiocre mélomane, je savais que Caecilia Winckler était une grande cantatrice, et je crois même que je l'avais entendue chanter le rôle de Desdemona au Metropolitan peu de temps avant la guerre. Par contre, sans avoir jamais été en relation directe ni avec elle ni avec aucun de ses membres, je connaissais de nom l'organisation de soutien qui vous apporta son aide et j'appréciais le travail considérable qu'elle faisait sur tous les fronts du globe. C'était une sympathie en quelque sorte professionnelle : je m'occupe, en effet, et c'est même à ce titre que j'interviens aujourd'hui dans l'histoire de Gaspard Winckler, et par contrecoup dans la vôtre, je m'occupe d'une Société de secours aux naufragés. C'est une organisation privée, internationale, qui reçoit des fonds provenant soit d'organisations de bienfaisance, soit de dons privés, soit de quelques institutions gouvernementales ou municipales, le ministère de la Marine marchande, par exemple, ou l'Union des chambres de commerce de la mer du Nord, soit, principalement, des compagnies d'assurances. C'était, à l'origine, une sorte d'annexe du Bureau Véritas. Vous ne savez pas ce qu'est le Bureau Véritas ?*

— Non, avouai-je.

— C'est une organisation fondée au début du XIXe et qui publie chaque année tout un ensemble de statistiques concernant les constructions navales, les mouvements maritimes, les naufrages et les avaries. À la fin du siècle dernier, un des dirigeants du Bureau émit le vœu, dans son testament, qu'une partie des subventions, alors très importantes, que les gouvernements versaient chaque année à l'organisation soit consacrée à secourir les naufragés, au lieu de se contenter de les compter. Cette suggestion était parfaitement étrangère aux statuts du Bureau, mais la mode était alors aux sociétés de sauvetage, et le Conseil d'administration décida de consacrer 0,5 % de son budget annuel à la création d'un organisme philanthropique qui serait chargé de rassembler toutes les données concernant les navires en détresse et, dans la mesure de ses faibles moyens, de

leur porter secours. Un peu plus tard, le Lloyd's Register of Shipping et l'American Bureau of Shipping, deux organisations rivales du Bureau Véritas, s'associèrent à cet effort et la Société de secours aux naufragés put se développer tant bien que mal.

— Je ne vois pas très bien comment vous pouvez opérer ; lorsqu'un bateau sombre, vous n'êtes évidemment pas sur place !

Otto Apfelstahl me considéra en silence pendant quelques secondes. Je m'aperçus que le bar était à nouveau désert ; seul, tout au fond, un barman en veste noire — ni celui qui m'avait servi, ni l'un de ceux qui étaient arrivés ensuite — allumait des bougies fichées dans de vieilles bouteilles et en garnissait les tables. Je regardai ma montre ; il était neuf heures du soir. M'appelais-je encore Gaspard Winckler ? Ou devrais-je aller le chercher à l'autre bout du monde ?

— Lorsqu'un bateau sombre, reprit enfin Otto Apfelstahl (et sa voix me paraissait étonnamment proche, et le moindre de ses mots m'atteignait comme s'il m'avait parlé de moi), ou bien il y a, pas trop loin, un autre navire qui vient lui porter secours, c'est ce qui se passe dans le meilleur des cas, ou bien il n'y en a pas, et les passagers s'entassent à bord de canots pneumatiques ou sur des radeaux de fortune, ou dérivent accrochés à des espars, à des épaves désemparées que les courants entraînent. La plupart sont engloutis dans les trois ou quatre heures qui suivent, mais certains trouvent, dans on ne sait quel espoir, la force de survivre pendant des jours, pendant des semaines. On en a retrouvé un, il y a quelques années, à plus de huit mille kilomètres du lieu de son naufrage,

amarré à un tonneau, à moitié rongé par le sel, mais encore vivant après plus de trois semaines de détresse. Vous savez peut-être qu'un steward de la marine marchande britannique a survécu quatre mois et demi, du 23 novembre 1942 au 5 avril 1943, sur un radeau après que son navire eut été coulé dans l'Atlantique au large des Açores. Ces exemples sont rares, mais ils existent, de même qu'il arrive encore aujourd'hui que des naufragés soient jetés sur un récif ou sur une île déserte, ou qu'ils trouvent un refuge fragile sur une plate-forme de glace qui diminue de jour en jour. C'est à des naufragés de ce type que notre aide peut s'appliquer le plus efficacement. Les grands navires suivent des itinéraires connus et les secours peuvent presque toujours s'organiser très vite, même en cas d'avarie grave ou de sinistre criminel. Notre action concerne surtout les isolés, les yachts, les petites embarcations de plaisance, les chalutiers en perdition. Grâce à un réseau de correspondants aujourd'hui mis en place à tous les endroits névralgiques, nous pouvons en un temps record recueillir tous les renseignements nécessaires et coordonner les opérations de sauvetage. C'est à nos bureaux que parviennent les bouteilles à la mer et leur équivalent moderne, les S.O.S. de détresse émis par les navires en perdition. Et si, le plus souvent hélas, nos recherches n'aboutissent qu'à la découverte de cadavres déjà à moitié déchiquetés par les oiseaux de mer, il peut se faire aussi que l'une de nos vedettes, l'un de nos avions ou de nos hélicoptères, arrive à temps sur les lieux du naufrage pour récupérer une ou deux vies humaines.

— *Mais n'avez-vous pas dit tout à l'heure que le naufrage du* Sylvandre *remontait à quinze mois ?*

— *En effet. Pourquoi me posez-vous cette question ?*

— *Je suppose que vous attendez de moi que je participe à cette recherche ?*

— *C'est exact, dit Otto Apfelstahl, je voudrais que vous partiez là-bas et que vous retrouviez Gaspard Winckler.*

— *Mais pourquoi ?*

— *Pourquoi pas ?*

— *Non, je veux dire : quel espoir raisonnable pouvez-vous encore nourrir de retrouver un naufragé quinze mois après ?*

— *Nous avons repéré* Le Sylvandre *dix-huit heures seulement après qu'il eut envoyé ses signaux de détresse. Il s'était éventré sur les brisants d'un minuscule îlot, au sud de l'île Santa Ines, par 54° 35' de latitude sud et 73° 14' de longitude ouest. En dépit d'un vent extrêmement violent, une équipe de secours de la Protection civile chilienne a réussi à atteindre le yacht quelques heures plus tard, le lendemain matin. À l'intérieur, ils ont trouvé cinq cadavres et ils ont réussi à les identifier : c'étaient Zeppo et Felipe, Angus Pilgrim, Hugh Barton et Caecilia Winckler. Mais il y avait un sixième nom sur la liste des passagers, celui d'un enfant d'une dizaine d'années, Gaspard Winckler, et ils ne retrouvèrent pas son corps.*

X

La rue Vilin

Nous vivions à Paris, dans le 20ᵉ arrondissement, rue Vilin ; c'est une petite rue qui part de la
rue des Couronnes, et qui monte, en esquissant
vaguement la forme d'un S, jusqu'à des escaliers
abrupts qui mènent à la rue du Transvaal et à la
rue Olivier Metra (c'est de ce carrefour, l'un des
derniers points de vue d'où l'on puisse, au niveau
du sol, découvrir Paris tout entier, que j'ai tourné,
en juillet 1973, avec Bernard Queysanne, le plan
final du film *Un homme qui dort*). La rue Vilin est
aujourd'hui aux trois quarts détruite. Plus de la
moitié des maisons ont été abattues, laissant place
à des terrains vagues où s'entassent des détritus,
de vieilles cuisinières et des carcasses de voitures ;
la plupart des maisons encore debout n'offrent
plus que des façades aveugles. Il y a un an, la maison de mes parents, au numéro 24, et celle de mes
grands-parents maternels, où habitait aussi ma
tante Fanny, au numéro 1, étaient encore à peu
près intactes. On voyait même au numéro 24, donnant sur la rue, une porte de bois condamnée au-

dessus de laquelle l'inscription COIFFURE DAMES
était encore à peu près lisible. Il me semble qu'à
l'époque de ma petite enfance, la rue était pavée
en bois. Peut-être même y avait-il, quelque part,
un gros tas de pavés de bois joliment cubiques
dont nous faisions des fortins ou des automobiles
comme les personnages de L'Ile rose de Charles
Vildrac.

Je suis revenu pour la première fois rue Vilin en
1946, avec ma tante. Il me semble qu'elle a parlé
avec une des voisines de mes parents. Ou bien
peut-être, plus simplement, est-elle venue avec
moi voir Rose, ma grand-mère, qui, au retour de
Villard-de-Lans, a revécu quelque temps rue Vilin
avant de partir chez son fils Léon à Haïfa. Je crois
me rappeler avoir joué dans la rue un moment.
Pendant les quinze ans qui suivirent, je n'eus ni
l'occasion, ni l'envie d'y revenir. J'aurais été incapable, alors, de simplement situer la rue et je
l'aurais plus volontiers cherchée du côté des
métros Belleville ou Ménilmontant que du côté du
métro Couronnes.

C'est avec des amis qui habitaient tout près, rue
de l'Ermitage, que je revins rue Vilin, en 1961 ou
1962, un soir d'été. La rue n'évoqua en moi aucun
souvenir précis, à peine la sensation d'une familiarité possible. Je ne parvins à identifier ni la maison où avaient vécu les Szulewicz, ni celle où
j'avais passé les six premières années de ma vie et
que je croyais, à tort, se trouver au numéro 7.

Depuis 1969, je vais une fois par an rue Vilin,
dans le cadre d'un livre en cours, pour l'instant
intitulé Les Lieux, dans lequel j'essaie de décrire le

devenir, pendant douze ans, de douze lieux parisiens auxquels, pour une raison ou pour une autre, je suis particulièrement attaché.

L'immeuble du numéro 24 est constitué par une série de petites bâtisses, à un ou deux étages, encadrant une courette plutôt sordide. Je ne sais pas dans laquelle j'ai habité. Je n'ai pas cherché à entrer à l'intérieur des logements, aujourd'hui généralement occupés par des travailleurs immigrés portugais ou africains, persuadé du reste que cela ne raviverait pas davantage mes souvenirs.

Il me semble que David, Rose, Isie, Cécile et moi vivions ensemble. Je ne sais pas combien il y avait de pièces, mais je ne crois pas qu'il y en avait plus de deux. Je ne sais pas non plus où Rose avait son magasin d'alimentation (peut-être au numéro 23 de la rue Julien-Lacroix, qui croise la rue Vilin dans sa portion inférieure). Esther m'a dit un jour que Rose et David habitaient au 24 un local différent de celui de mes parents, et qui était une loge de concierge. Cela veut peut-être seulement dire que c'était au rez-de-chaussée et que c'était tout petit.

Deux photos

La première a été faite par Photofeder, 47, boulevard de Belleville, Paris, 11e. Je pense qu'elle date de 1938. Elle nous montre, ma mère et moi, en gros plan. La mère et l'enfant donnent l'image d'un bonheur que les ombres du photographe exaltent. Je suis dans les bras de ma mère. Nos tempes se touchent. Ma mère a des cheveux sombres gonflés par-devant et retombant en boucles sur sa nuque. Elle porte un corsage imprimé à motifs floraux, peut-être fermé par un clip. Ses yeux sont plus sombres que les miens et d'une forme légèrement plus allongée. Ses sourcils sont très fins et bien dessinés. Le visage est ovale, les joues bien marquées. Ma mère sourit en découvrant ses dents, sourire un peu niais qui ne lui est pas habituel, mais qui répond sans doute à la demande du photographe.

J'ai des cheveux blonds avec un très joli cran sur le front (de tous les souvenirs qui me manquent, celui-là est peut-être celui que j'aimerais le plus fortement avoir : ma mère me coiffant, me faisant cette ondulation savante). Je porte une veste (ou une brassière, ou un manteau) de couleur claire, fermée jusqu'au cou, avec un petit col surpiqué. J'ai de grandes oreilles, des joues rebondies, un petit menton, un sourire et un regard de biais déjà très reconnaissables.

La deuxième photo porte au dos trois mentions : la première, à moitié découpée (car j'ai un jour, stupidement, émargé totalement la plupart de ces photographies), est de la main d'Esther et peut se lire : Vincennes, 1939 ; la seconde, de ma main, au crayon bille bleu, indique : 1939 ; la troisième, au crayon noir, écriture inconnue, peut vouloir dire « 22 » (le plus vraisemblable étant qu'il s'agit d'une inscription du photographe qui la développa). C'est l'automne. Ma mère est assise, ou plus précisément appuyée à une sorte de cadre métallique dont on aperçoit derrière elle les deux montants horizontaux et qui semble être dans le prolongement d'une clôture en pieux de bois et fils de fer comme on en rencontre fréquemment dans les jardins parisiens. Je me tiens debout près d'elle, à sa gauche — à droite sur la photo —, et sa main gauche gantée de noir s'appuie sur mon épaule gauche. À l'extrême droite, il y a quelque chose qui est peut-être le manteau de celui qui est en train de prendre la photo (mon père ?).

Ma mère a un grand chapeau de feutre entouré d'un galon, et qui lui couvre les yeux. Une perle est passée dans le lobe de son oreille. Elle sourit gentiment en penchant très légèrement la tête vers la gauche. La photo n'ayant pas été retouchée, comme c'est très certainement le cas pour la précédente, on voit qu'elle a un gros grain de beauté près de la narine gauche (à droite sur la photo). Elle porte un manteau à grands revers, en drap sombre, ouvert sur un corsage sans doute en rayonne, à col rond, fermé par sept gros boutons blancs, le septième étant à peine visible, une jupe grise à très fines rayures qui descend jusqu'à mi-mollet, des bas peut-être également gris et d'assez curieuses chaussures à trépointe, semelle épaisse de crêpe, haute empeigne et gros lacets de cuir terminés par des sortes de glands.

J'ai un béret, un manteau sombre à col raglan fermé par deux gros boutons de cuir et qui me descend à mi-cuisse, les genoux nus, des chaussettes de laine sombre roulées sur mes chevilles et des petites bottines, peut-être cirées, à un seul bouton.

Mes mains sont potelées et mes joues rebondies. J'ai de grandes oreilles, un petit sourire triste et la tête légèrement penchée vers la gauche.

À l'arrière-plan, il y a des arbres qui ont déjà perdu pas mal de leurs feuilles et une petite fille qui porte un manteau clair avec un tout petit col de fourrure.

Le boulevard Delessert

Mes parents travaillaient tous les deux, et aussi ma grand-mère. Dans la journée, c'était Fanny qui s'occupait de moi. Elle m'amenait souvent boulevard Delessert où habitaient ma tante et sa fille Ela. Je suppose que nous prenions le métro à Couronnes et que nous changions à Étoile pour descendre à Passy. C'est boulevard Delessert qu'Ela aurait entrepris de me faire monter sur une bicyclette et que mes cris auraient ameuté tout le voisinage.

L'Exode

Mes premiers souvenirs précis concernent l'école. Il me semble peu probable que j'y sois allé avant 1940, avant l'Exode. De l'Exode, je n'ai, personnellement, aucun souvenir, mais une photo en garde la trace. En l'émargeant j'ai rendu indéchiffrable l'indication de lieu qu'Esther y avait peut-être portée, et qu'elle a oubliée depuis, mais la date — juin 40 — est encore visible.

Je pilote une petite voiture, rouge dans mon souvenir, ici manifestement claire, avec peut-être quelques enjolivures rouges (grille d'aération sur les côtés du capot). J'ai une sorte de chandail avec un bouton, à manches courtes ou relevées. Mes cheveux bouclent d'une façon parfaitement anarchique. J'ai de grandes oreilles, un grand sourire, les yeux plissés de plaisir. Je penche légèrement la tête vers la gauche (vers la droite sur la photo). Derrière moi, il y a une grille fermée, doublée dans sa partie basse d'un fin treillis métallique et, tout au fond, une cour de ferme avec une charrette.

Je ne sais pas où était ce village. J'ai longtemps cru qu'il était en Normandie, mais je pense plutôt qu'il était à l'est ou au nord de Paris. Il y eut, en effet, plusieurs fois, des bombardements tout près. Une amie de ma grand-mère s'était réfugiée là avec ses enfants et m'avait emmené. Elle raconta à ma tante qu'elle me cachait sous un édredon chaque fois qu'il y avait un bombardement, et que les Allemands qui occupèrent le village m'aimaient beaucoup, jouaient avec moi et que l'un d'eux passait son temps à me promener sur ses épaules. Elle avait très peur, disait-elle à ma tante qui me le raconta par la suite, que je ne dise quelque chose qu'il ne fallait pas que je dise et elle ne savait comment me signifier ce secret que je devais garder.

(C'était, me dit ma tante, une femme très grosse et très gentille. Elle était piqueuse de pantalons. Son fils est devenu médecin. Sa fille travailla comme enfileuse dans la maison de perles fines de mon oncle, puis partit en Amérique, s'y maria, et la fit venir.)

Une photo

Il y a écrit derrière « Parc Montsouris 19(40) ». L'écriture mélange des majuscules et des minuscules : c'est peut-être celle de ma mère, et ce serait alors le seul exemple que j'aurais de son écriture (je n'en ai aucun de celle de mon père). Ma mère est assise sur une chaise de jardin au bord d'une pelouse. Au fond, des arbres (conifères) et une haute plante grasse. Ma mère porte un grand béret noir. Le manteau est peut-être le même que celui qu'elle porte sur la photo prise au bois de Vincennes, à en juger par le bouton, mais, cette fois-ci, il est fermé. Le sac, les gants, les bas et les chaussures à lacets sont noirs. Ma mère est veuve. Son visage est la seule tache claire de la photo. Elle sourit.

L'école

J'ai trois souvenirs d'école[1].

Le premier est le plus flou : c'est dans la cave de l'école. Nous nous bousculons. On nous fait essayer des masques à gaz : les gros yeux de mica, le truc qui pendouille par-devant, l'odeur écœurante du caoutchouc.

Le second est le plus tenace : je dévale en courant — ce n'est pas exactement en courant : à chaque enjambée, je saute une fois sur le pied qui vient de se poser ; c'est une façon de courir, à mi-chemin de la course proprement dite et du saut à cloche-pied, très fréquente chez les enfants, mais je ne lui connais pas de dénomination particulière —, je dévale donc la rue des Couronnes, tenant à bout de bras un dessin que j'ai fait à l'école (une peinture, même) et qui représente un ours brun sur fond ocre. Je suis ivre de joie. Je crie de toutes mes forces : « Les oursons ! Les oursons ! »

Le troisième est, apparemment, le plus organisé. À l'école on nous donnait des bons points. C'étaient des petits carrés de carton jaunes ou rouges sur lesquels il y avait écrit : 1 point, encadré d'une guirlande. Quand on avait eu un certain nombre de bons points dans la semaine, on avait droit à une médaille. J'avais envie d'avoir une médaille et un jour je l'obtins. La maîtresse l'agrafa sur mon tablier. À la sortie, dans l'escalier, il y eut une bousculade qui se répercuta de marche en marche et d'enfant en enfant. J'étais au milieu de l'escalier et je fis tomber une petite fille. La maîtresse crut que je l'avais fait exprès ; elle se précipita sur moi et, sans écouter mes protestations, m'arracha ma médaille.

Je me *vois* dévalant la rue des Couronnes en courant de cette façon particulière qu'ont les enfants de courir, mais je *sens* encore physiquement cette poussée dans le dos, cette preuve flagrante de l'injustice, et la sensation cénesthésique de ce déséquilibre imposé par les autres, venu d'au-dessus de moi et retombant sur moi, reste si fortement inscrite dans mon corps que je me demande si ce souvenir ne masque pas en fait son exact contraire : non pas le souvenir d'une médaille arrachée, mais celui d'une étoile épinglée.

1. C'est pratiquement en rédigeant ces trois souvenirs qu'un quatrième m'est revenu : celui des napperons de papier que l'on faisait à l'école : on disposait parallèlement des bandes étroites de carton léger coloriées de diverses couleurs et on les croisait avec des bandes identiques en passant une fois au-dessus, une fois au-dessous. Je me souviens que ce jeu m'enchanta, que j'en compris très vite le principe et que j'y excellais.

Le départ

Ma mère m'accompagna à la gare de Lyon. J'avais six ans. Elle me confia à un convoi de la Croix-Rouge qui partait pour Grenoble, en zone libre. Elle m'acheta un illustré, un Charlot, sur la couverture duquel on voyait Charlot, sa canne, son chapeau, ses chaussures, sa petite moustache, sauter en parachute. Le parachute est accroché à Charlot par les bretelles de son pantalon.

La Croix-Rouge évacue les blessés. Je n'étais pas blessé. Il fallait pourtant m'évacuer. Donc, il fallait faire comme si j'étais blessé. C'est pour cela que j'avais le bras en écharpe.

Mais ma tante est à peu près formelle : je n'avais pas le bras en écharpe, il n'y avait aucune raison pour que j'aie le bras en écharpe. C'est en tant que « fils de tué », « orphelin de guerre », que la Croix-Rouge, tout à fait réglementairement, me convoyait.

Peut-être, par contre, avais-je une hernie et portais-je un bandage herniaire, un suspensoir. À mon arrivée à Grenoble, il me semble que j'ai été opéré — j'ai même longtemps cru, chipant ce détail à je ne sais plus quel autre membre de ma famille adoptive, que c'était le professeur Mondor qui avait pratiqué l'opération — à la fois d'une hernie et d'une appendicite (on aurait profité de la hernie pour m'enlever l'appendicite). Il est sûr que ce ne fut pas dès mon arrivée à Grenoble. Selon Esther, ce fut plus tard, d'une appendicite. Selon Ela, ce fut d'une hernie, mais bien avant, à Paris, alors que j'avais encore mes parents[1].

Un triple trait parcourt ce souvenir : parachute, bras en écharpe, bandage herniaire : cela tient de la suspension, du soutien, presque de la prothèse. Pour être, besoin d'étai. Seize ans plus tard, en 1958, lorsque les hasards du service militaire ont fait de moi un éphémère parachutiste, je pus lire, dans la minute même du saut, un texte déchiffré de ce souvenir : je fus précipité dans le vide ; tous les fils furent rompus ; je tombai, seul et sans soutien. Le parachute s'ouvrit. La corolle se déploya, fragile et sûr suspens avant la chute maîtrisée.

1. Je portais effectivement un bandage herniaire. Je fus opéré à Grenoble, quelques mois plus tard, et l'on en profita pour m'enlever l'appendice. Cela ne change rien au fantasme, mais permet d'en tracer une des origines. Quant à cet imaginaire bras en écharpe, on le verra, plus loin, faire une curieuse réapparition.

XI

— *L'étude du journal de bord et des documents portuaires, établis chaque fois que* Le Sylvandre *faisait escale, et le recoupement de divers renseignements météorologiques et radiogoniométriques, nous ont permis, par la suite, de reconstituer d'une manière à peu près satisfaisante les circonstances du naufrage. La dernière escale du* Sylvandre *avait été Port Stanley, aux Falkland ; de là, le yacht avait gagné le détroit de Le Maire, avait doublé le cap Horn, puis, au lieu de continuer vers le Pacifique, était remonté dans la baie de Nassau et, par la passe très étroite qui sépare les îles Hoste et Navarin, avait rejoint le canal de Beagle presque en face d'Ushuaia. Le 7 mai, à midi, Hugh Barton, comme chaque jour, fait le point et note sur le journal de bord sa position : quelque chose comme 55° et quelques de latitude sud et 71° de longitude ouest, c'est-à-dire à peu près à la hauteur de la péninsule de Brecknock, la portion la plus occidentale de la Terre de Feu proprement dite, entre les îles O'Brien et Londonberry, au large des derniers contreforts de la cordillère de Darwin, c'est-à-dire à moins de cent milles marins du lieu du naufrage. Le lendemain, exceptionnelle-*

ment, la position n'est pas relevée ou en tout cas, ce qui pour nous revient au même, n'est pas notée sur le journal de bord. Le 9, à trois heures du matin, un baleinier norvégien en chasse dans la mer de Weddell et un radio-amateur de l'île Tristan da Cunha captent un appel de détresse du Sylvandre, mais ne parviennent pas à entrer en communication avec lui. L'appel nous est transmis moins de deux heures plus tard, mais déjà le yacht est muet et c'est en vain que nos stations de Punta Arenas et du cap de l'Ermite tentent d'établir un contact. Il ressort du rapport établi par les secouristes chiliens que le S.O.S. du Sylvandre précéda de très peu, quelques minutes, peut-être même seulement quelques dizaines de secondes, la catastrophe. Les fixations des canots de sauvetage n'étaient pas déverrouillées, trois des cinq cadavres n'étaient même pas habillés, personne n'avait eu le temps de mettre une bouée individuelle. La violence du choc dut être terrible, Angus Pilgrim fut littéralement écrasé contre la paroi de sa cabine ; Hugh Barton eut la tête fracassée par la chute du grand mât, Zeppo fut déchiqueté par les rochers et Felipe décapité par un filin d'acier. Mais la mort la plus horrible fut celle de Caecilia ; elle ne mourut pas sur le coup, comme les autres, mais, les reins brisés par une malle qui, insuffisamment arrimée, avait été arrachée de son logement lors de la collision, elle tenta, pendant plusieurs heures sans doute, d'atteindre, puis d'ouvrir la porte de sa cabine ; lorsque les sauveteurs chiliens la découvrirent, son cœur avait à peine cessé de battre et ses ongles en sang avaient profondément entaillé la porte de chêne.

— Et son fils ?

— Sa cabine était voisine de celle de Caecilia. Tout y gisait pêle-mêle, ses vêtements, ses jouets. Mais il n'y était pas.

— Il était peut-être tombé à la mer.

— C'est très peu probable. Il aurait fallu qu'il soit sur le pont et il n'avait aucune raison d'y être.

— Mais s'il y avait été quand même ?

— À trois heures du matin ! Qu'aurait-il fait sur le pont à trois heures du matin ?

— Quelqu'un, Hugh Barton par exemple, s'est peut-être dit que le spectacle de la tempête aurait un effet décisif sur l'enfant...

Mais Otto Apfelstahl secoua la tête.

— Non, dit-il, ce n'est pas possible. Même s'il avait été précipité à la mer, la mer l'aurait fracassé sur les rochers du récif et nous aurions retrouvé une trace, un indice, quelque chose de lui, du sang, une mèche de ses cheveux, un bonnet, une chaussure, n'importe quoi. Non, nous avons cherché, nos hommes-grenouilles ont plongé jusqu'à l'épuisement, nous avons fouillé chaque anfractuosité du rocher. En vain.

Je demeurai silencieux. Il me semblait qu'Otto Apfelstahl, à cet endroit de son discours, attendait de moi une réponse, ou tout au moins un signe quelconque, fût-il d'indifférence, ou d'hostilité. Mais je ne trouvais rien à dire. Il se taisait, lui aussi ; il ne me regardait même pas. On entendait quelque part un accordéon. J'eus la vision furtive d'un bouge à matelots, dans un port presque polaire, et trois marins emmitouflés dans de gros cache-nez bleus, buvant du viandox, soufflant entre leurs doigts. Je fouillai mes poches à la recherche d'une cigarette.

— Votre paquet est sur la table, dit tranquillement Otto Apfelstahl.

Je pris une cigarette. Sa main m'offrit un briquet allumé. Je murmurai un remerciement à peine audible.

Nous restâmes ainsi silencieux pendant peut-être cinq minutes. J'aspirais de temps à autre une longue bouffée, âcre et sèche, de ma cigarette. Otto Apfelstahl paraissait perdu dans la contemplation de son briquet qu'il tournait et retournait en tous sens. Puis il se gratta deux ou trois fois la gorge.

— Si, dit-il enfin, rompant un silence qui devenait de plus en plus pesant, si l'on considère la vitesse moyenne du Sylvandre, et sa position telle qu'elle fut relevée et notée le 7 mai à midi, on s'aperçoit que le 9, à trois heures du matin, le yacht aurait dû être beaucoup plus loin vers l'ouest. Si, par ailleurs, on admet que seul un bouleversement extrême, un affolement général, presque une panique, peut empêcher un commandant de bord d'accomplir cette formalité élémentaire, mais indispensable à la sécurité d'un navire, qu'est un relevé de position, on est amené nécessairement à une conclusion unique. La voyez-vous ?

— Je crois la voir, mais je ne suis pas sûr qu'elle soit unique.

— Que voulez-vous dire ?

— Ils ont fait demi-tour pour partir à sa recherche, cela peut vouloir dire que l'enfant s'était enfui, je ne dis pas le contraire, mais cela peut vouloir dire aussi qu'ils l'avaient abandonné et qu'ensuite ils s'en étaient repentis.

— *Est-ce que cela change quelque chose ?*

— *Je ne sais pas.*

Il y eut, à nouveau, un long silence.

— *Comment avez-vous retrouvé ma trace ? demandai-je.*

— *J'étais un peu fasciné par cette catastrophe, par la personnalité des victimes, par cette sorte de mystère qui entourait la disparition de l'enfant. Escale après escale, j'ai reconstitué l'histoire de ce voyage, j'ai contacté les familles et les amis des disparus, j'ai eu accès aux lettres qu'ils avaient reçues. Il y a trois mois, profitant d'un déplacement à Genève, j'ai pu rencontrer l'ancien secrétaire particulier de Caecilia, vous le connaissez, c'est lui-même qui vous a donné vos papiers d'identité ; il m'apprit votre existence, il me raconta ce qu'il savait de votre histoire. Vous étiez beaucoup plus facile à retrouver que l'autre. Il n'y a que vingt-cinq consulats helvétiques dans toute l'Allemagne...*

— *Et plus de mille îlots dans la Terre de Feu, ajoutai-je comme pour moi-même.*

— *Plus de mille, oui. La plupart sont inaccessibles, inhabités, inhabitables. Et les garde-côtes argentins et chiliens ont inlassablement fouillé les autres.*

Je me tus. Un bref instant, j'eus envie de demander à Otto Apfelstahl s'il croyait que j'aurais plus de chance que les garde-côtes. Mais c'était une question à laquelle, désormais, je pouvais seul répondre...

(…)

DEUXIÈME PARTIE

cette brume insensée où s'agitent des ombres,
— est-ce donc là mon avenir ?

Raymond Queneau

XII

Il y aurait, là-bas, à l'autre bout du monde, une île. Elle s'appelle W.

Elle est orientée d'est en ouest ; dans sa plus grande longueur, elle mesure environ quatorze kilomètres. Sa configuration générale affecte la forme d'un crâne de mouton dont la mâchoire inférieure aurait été passablement disloquée.

Le voyageur égaré, le naufragé volontaire ou malheureux, l'explorateur hardi que la fatalité, l'esprit d'aventure ou la poursuite d'une quelconque chimère auraient jetés au milieu de cette poussière d'îles qui longe la pointe disloquée du continent sud-américain, n'auraient qu'une chance misérable d'aborder à W. Aucun point de débarquement naturel ne s'offre en effet sur la côte, mais des bas-fonds que des récifs à fleur d'eau rendent extrêmement dangereux, des falaises de basalte, abruptes, rectilignes et sans failles, ou encore, à l'ouest, dans la région correspondant à l'occiput du mouton, des marécages pestilentiels. Ces marécages sont nourris par deux rivières d'eau chaude, respectivement appelées l'Omègue et le Chalde, dont les détours presque parallèles déterminent sur un court trajet, dans la portion la plus centrale de l'île, une micro-mésopotamie fertile et verdoyante. La nature profondément hostile du monde alentour, le relief tourmenté, le sol aride, le paysage constamment glacial et brumeux, rendent encore plus merveilleuse la campagne fraîche et joyeuse qui s'offre alors à la vue : non plus la lande désertique balayée par les vents sauvages de l'Antarctique, non plus les escarpements déchiquetés, non plus les maigres algues que survolent sans cesse des millions d'oiseaux marins, mais des vallonnements doux couronnés de boqueteaux de chênes et de platanes, des chemins poudreux bordés d'entassements de pierres sèches ou de hautes haies de mûres, de grands champs de myrtilles, de navets, de maïs, de patates douces.

En dépit de cette clémence remarquable, ni les Fuégiens ni les Patagons ne s'implantèrent sur W. Quand le groupe de colons dont les descendants forment aujourd'hui la population entière de l'île s'y établit à la fin du xixe siècle, W était une île absolument déserte, comme le sont encore la plupart des îles de la région ; la brume, les récifs, les marais avaient interdit son approche ; explorateurs et géographes n'avaient pas achevé, ou, plus souvent encore, n'avaient même pas entrepris la reconnaissance de son tracé et sur la plupart des cartes, W n'apparaissait pas ou n'était qu'une tache vague et sans nom dont les contours imprécis divisaient à peine la mer et la terre.

La tradition fait remonter à un nommé Wilson la fondation et le nom même de l'île. Sur ce point de départ unanime, de nombreuses variantes ont été avancées. Dans l'une, par exemple, Wilson est un

gardien de phare dont la négligence aurait été res-
ponsable d'une effroyable catastrophe ; dans une
autre, c'est le chef d'un groupe de convicts *qui se*
seraient mutinés lors d'un transport en Australie ;
dans une autre encore, c'est un Nemo dégoûté du
monde et rêvant de bâtir une Cité idéale. Une qua-
trième variation, assez proche de la précédente,
mais significativement différente, fait de Wilson un
champion (d'autres disent un entraîneur) qui,
exalté par l'entreprise olympique, mais désespéré par
les difficultés que rencontrait alors Pierre de Cou-
bertin et persuadé que l'idéal olympique ne pourrait
qu'être bafoué, sali, détourné au profit de marchan-
dages sordides, soumis aux pires compromissions
par ceux-là mêmes qui prétendraient le servir, réso-
lut de tout mettre en œuvre pour fonder, à l'abri des
querelles chauvines et des manipulations idéolo-
giques, une nouvelle Olympie.

   Le détail de ces traditions est inconnu ; leur vali-
dité même est loin d'être assurée. Cela n'a pas une
très grande importance. D'habiles spéculations sur
certaines coutumes (par exemple, tel privilège
accordé à tel village) ou sur quelques-uns des patro-
nymes encore en usage pourraient apporter des pré-
cisions, des éclaircissements sur l'histoire de W, sur
la provenance des colons (dont il est sûr, au moins,
que c'étaient des Blancs, des Occidentaux, et même
presque exclusivement des Anglo-Saxons : des Hol-
landais, des Allemands, des Scandinaves, des repré-
sentants de cette classe orgueilleuse qu'aux États-
Unis on nomme les Wasp), *sur leur nombre, sur les*
lois qu'ils se donnèrent, etc. Mais que W ait été fon-
dée par des forbans ou par des sportifs, au fond, cela
ne change pas grand-chose. Ce qui est vrai, ce qui

est sûr, ce qui frappe dès l'abord, c'est que W est aujourd'hui un pays où le Sport est roi, une nation d'athlètes où le Sport et la vie se confondent en un même magnifique effort. La fière devise

FORTIUS ALTIUS CITIUS

qui orne les portiques monumentaux à l'entrée des villages, les stades magnifiques aux cendrées soigneusement entretenues, les gigantesques journaux muraux publiant à toute heure du jour les résultats des compétitions, les triomphes quotidiens réservés aux vainqueurs, la tenue des hommes : un survêtement gris frappé dans le dos d'un immense W blanc, tels sont quelques-uns des premiers spectacles qui s'offriront au nouvel arrivant. Ils lui apprendront, dans l'émerveillement et l'enthousiasme (qui ne serait enthousiasmé par cette discipline audacieuse, par ces prouesses quotidiennes, cette lutte au coude à coude, cette ivresse que donne la victoire ?), que la vie, ici, est faite pour la plus grande gloire du Corps. Et l'on verra plus tard comment cette vocation athlétique détermine la vie de la Cité, comment le Sport gouverne W, comment il a façonné au plus profond les relations sociales et les aspirations individuelles.

XIII

Désormais, les souvenirs existent, fugaces ou tenaces, futiles ou pesants, mais rien ne les rassemble. Ils sont comme cette écriture non liée, faite de lettres isolées incapables de se souder entre elles pour former un mot, qui fut la mienne jusqu'à l'âge de dix-sept ou dix-huit ans, ou comme ces dessins dissociés, disloqués, dont les éléments épars ne parvenaient presque jamais à se relier les uns aux autres, et dont, à l'époque de W, entre, disons, ma onzième et ma quinzième année, je couvris des cahiers entiers : personnages que rien ne rattachait au sol qui était censé les supporter, navires dont les voilures ne tenaient pas aux mâts, ni les mâts à la coque, machines de guerre, engins de mort, aéroplanes et véhicules aux mécanismes improbables, avec leurs tuyères déconnectées, leurs filins interrompus, leurs roues tournant dans le vide ; les ailes des avions se détachaient du fuselage, les jambes des athlètes étaient séparées des troncs, les bras séparés des torses, les mains n'assuraient aucune prise.

Ce qui caractérise cette époque c'est avant tout son absence de repères : les souvenirs sont des morceaux de vie arrachés au vide. Nulle amarre. Rien ne les ancre, rien ne les fixe. Presque rien ne les entérine. Nulle chronologie sinon celle que j'ai, au fil du temps, arbitrairement reconstituée : du temps passait. Il y avait des saisons. On faisait du ski ou les foins. Il n'y avait ni commencement ni fin. Il n'y avait plus de passé, et pendant très longtemps il n'y eut pas non plus d'avenir ; simplement ça durait. On était là. Ça se passait dans un lieu qui était loin, mais personne n'aurait très exactement pu dire loin d'où c'était, peut-être simplement loin de Villard-de-Lans. De temps en temps, on changeait de lieu, on allait dans une autre pension ou dans une autre famille. Les choses et les lieux n'avaient pas de noms ou en avaient plusieurs ; les gens n'avaient pas de visage. Une fois, c'était une tante, et la fois d'après c'était une autre tante. Ou bien une grand-mère. Un jour on rencontrait sa cousine et l'on avait presque oublié que l'on avait une cousine. Ensuite on ne rencontrait plus personne ; on ne savait pas si c'était normal ou pas normal, si ça allait durer tout le temps comme ça, ou si c'était seulement provisoire. Peut-être y avait-il des époques à tantes et des époques sans tantes ? On ne demandait rien, on ne savait pas très bien ce qu'il aurait fallu demander, on devait avoir un peu peur de la réponse que l'on aurait obtenue si l'on s'était avisé de demander quelque chose. On ne posait aucune question. On attendait que le hasard fasse revenir la tante ou, sinon cette tante-là, l'autre tante, en fin de compte, on se fichait pas mal de savoir laquelle des deux tantes c'était et même on se fichait qu'il y ait des tantes ou qu'il n'y en ait pas. En fait, on était toujours un peu surpris qu'il y ait des tantes, et des cousines, et une grand-mère. Dans la vie, on s'en passait très bien, on ne voyait pas très bien à quoi ça servait, ni pourquoi c'étaient des gens plus importants que les autres ; on n'aimait pas beaucoup cette manière qu'elles avaient, les tantes, d'apparaître et de disparaître à tout bout de champ.

Tout ce que l'on sait, c'est que ça a duré très longtemps, et puis un jour ça s'est arrêté.

Même ma tante et mes cousines ont beaucoup oublié. Ma tante se souvient qu'elle regardait les montagnes ; elle se demandait pourquoi la petite ferme qu'elle apercevait à la lisière de la forêt n'était pas celle de son grand-père : c'est là qu'elle serait née ; elle y aurait joué pendant toute son enfance.

Moi, j'aurais aimé aider ma mère à débarrasser la table de la cuisine après le dîner. Sur la table, il y aurait eu une toile cirée à petits carreaux bleus ; au-dessus de la table, il y aurait eu une suspension avec un abat-jour presque en forme d'assiette, en porcelaine blanche ou en tôle émaillée, et un système de poulies avec un contrepoids en forme de poire. Puis je serais allé chercher mon cartable, j'aurais sorti mon livre, mes cahiers et mon plumier de bois, je les aurais posés sur la table et j'aurais fait mes devoirs. C'est comme ça que ça se passait dans mes livres de classe.

XIV

La plupart des habitants de W sont groupés dans quatre agglomérations que l'on nomme simplement les « villages » : il y a le village W, qui est sans doute le plus ancien, celui qui fut fondé par la première génération des hommes W, et les villages Nord-W, Ouest-W et Nord-Ouest-W, respectivement situés au nord, à l'ouest et au nord-ouest de W. Ces villages sont suffisamment proches les uns des autres pour qu'un coureur à pied partant du sien à l'aube et traversant successivement les trois autres soit revenu à son point de départ avant la fin de la matinée. Cet exercice est d'ailleurs très populaire et de nombreux directeurs sportifs l'ont choisi comme prélude aux séances d'entraînement, non seulement pour les coureurs de fond, mais pour tous les athlètes, y compris les lanceurs, les sauteurs et les lutteurs.

La route qui réunit ces villages est particulièrement étroite et l'usage s'est vite établi de pratiquer cette mise en train matinale en respectant un sens unique, en l'occurrence le sens des aiguilles d'une montre. C'est évidemment un grave manquement à la règle que de courir à contresens. Dans la mesure où la notion de péché est, sinon inconnue à W, du moins complètement intégrée à la morale sportive (toute faute, volontaire ou involontaire — cette distinction n'ayant sur W aucun sens —, entraîne automatiquement la disqualification, c'est-à-dire la défaite, sanction ici extrêmement importante, pour ne pas dire capitale), le non-respect d'un usage, quand il n'est pas lié à la compétition, ne peut avoir qu'une signification de défi : sur cette base très simple s'est échafaudé le mécanisme, assez complexe, qui régit les rencontres entre villages.

Il faut, pour comprendre ce mécanisme, qui est un des piliers de la vie W, préciser quelque peu cette notion de « village » : les villages ne regroupent pas la totalité des habitants de W, mais seulement les sportifs et ceux qui, tout en ne pratiquant plus aucun sport, tout en ne participant plus aux compétitions, sont directement nécessaires aux sportifs : les directeurs d'équipe, les entraîneurs, les médecins, les masseurs, les diététiciens, etc. Ceux dont l'activité est liée, non aux individus, mais à leurs combats, c'est-à-dire, dans l'ordre décroissant de la hiérarchie et des responsabilités, les organisateurs, les directeurs de course, les juges et les arbitres, les chronométreurs, les gardiens, les musiciens, les porteurs de torches et d'étendards, les lanceurs de colombes, les balayeurs de piste, les serveurs, etc., sont logés dans les stades ou dans les annexes. Les autres, ceux dont l'activité n'est pas ou n'est plus directement en rapport avec le Sport, c'est-à-dire, principalement, les vieillards, les femmes et les enfants, sont logés dans un ensemble de bâtiments situés à quelques kilomètres au sud-ouest de W et que l'on nomme la Forteresse. C'est là que se trouvent, entre autres, l'hôpital et l'infirmerie cen-

trale, l'asile, les maisons de jeunes, les cuisines, les ateliers, etc. Ce nom même de Forteresse vient du bâtiment central, une tour crénelée, presque sans fenêtres, construite dans une pierre grise et poreuse, une sorte de lave pétrifiée, et dont l'aspect évoquerait assez celui d'un phare. Cette tour sert de siège au Gouvernement central de W. C'est là que, dans le plus grand secret, sont prises les plus importantes décisions, celles qui, en particulier, concernent l'organisation des plus grandes réunions sportives, les Jeux, qui sont au nombre de trois : les Olympiades, les Spartakiades et les Atlantiades. Les membres du Gouvernement sont choisis parmi les Organisateurs et dans le corps des Juges & Arbitres, mais jamais parmi les Athlètes. La gestion d'une cité sportive exige en effet une impartialité totale et n'importe quel Athlète, quels que soient par ailleurs son honnêteté, son sens du fair play, *serait trop tenté de favoriser sa propre victoire ou, à défaut, celle de son camp, pour respecter jusqu'au bout la neutralité implacable des Juges. D'une manière plus générale, aucune fonction administrative, à quelque échelon que ce soit, n'est jamais confiée à un Athlète en exercice : les villages et les stades (niveaux en quelque sorte municipaux du Gouvernement) sont gérés par des fonctionnaires nommés par le Pouvoir central et généralement choisis parmi les chronométreurs et les directeurs de course (on entend par « directeur de course » un sous-organisateur responsable du déroulement régulier d'une épreuve ; il convient de ne pas le confondre avec un « directeur sportif » (ou « directeur d'équipe »), responsable de l'entraînement et de la bonne condition des Athlètes).*

En somme, sur W, un village est à peu près l'équi-

valent de ce qu'ailleurs on appellerait un « village olympique », de ce qu'à Olympie même on appelait le Leonidaion, ou encore de ces camps d'entraînement où des sportifs d'un ou de plusieurs pays viennent faire des stages de mise en condition à la veille des grandes rencontres internationales.

Chaque village possède, outre les logements des Athlètes, des pistes d'entraînement, un gymnase, une piscine, des salles de massage, une infirmerie, etc. À mi-chemin de chaque village, se trouve un stade, de dimensions assez modestes, qui est réservé aux compétitions entre les deux villages qui lui sont connexes. À peu près au centre du quadrilatère formé par les quatre villages, se trouve le Stade central, beaucoup plus imposant, où ont lieu les Jeux, c'est-à-dire les compétitions opposant des représentants de tous les villages, et ce que l'on nomme des « épreuves de sélection », ou plus brièvement « sélections », c'est-à-dire des rencontres opposant les villages non connexes. On comprend en effet que W, par exemple, peut se rencontrer quotidiennement avec Nord-W (sur le stade qui leur est commun à mi-chemin de W et de Nord-W) et avec Ouest-W (sur le stade à mi-chemin de W et de Ouest-W), mais n'a que peu de chance de se mesurer avec Nord-Ouest-W avec qui il ne partage directement aucun stade. De même, Nord-W n'a que peu d'occasions de rencontre avec Ouest-W. Il y a donc entre les villages des chances de rencontre assez différenciées. Comme cela se produit souvent, cette différence a exacerbé l'opposition des villages entre eux ; par une sorte de réflexe « villageois », les Athlètes finissent par considérer les Athlètes du village qui ne leur est pas connexe comme leurs pires ennemis. *Les rencontres entre deux villages non connexes sont donc animées par un esprit combatif, une agressivité, une volonté de vaincre, qui donnent à ces compétitions un attrait que n'ont pas toujours les rencontres entre villages connexes et,* a fortiori, *les épreuves de classement à l'intérieur d'un seul village.*

Les compétitions, on le voit, sont donc de quatre sortes. Tout en bas de l'échelle, il y a les championnats de classement, où les Athlètes d'un même village gagnent le droit de participer aux rencontres inter-villages.

Ensuite viennent les championnats locaux, qui opposent les villages connexes ; il y en a quatre : W contre Nord-W, W contre Ouest-W, Nord-W contre Nord-Ouest-W, Ouest-W contre Nord-Ouest-W.

Puis les « sélections », qui opposent les villages non connexes, W à Nord-Ouest-W et Nord-W à Ouest-W.

Enfin les Jeux, qui, nous l'avons dit, sont au nombre de trois : les Olympiades, qui ont lieu une fois par an, les Spartakiades, qui ont lieu tous les trois mois et sont, exceptionnellement, ouvertes aux Athlètes non classés dans leur village ; et les Atlantiades, qui ont lieu tous les mois.

La date des Jeux est fixée par le Gouvernement central. Les autres rencontres sont régies par le principe du défi : tous les matins, au moment du tour de mise en train, un Athlète d'un des villages, désigné la veille au soir par son directeur sportif, part à contresens et défie le premier athlète qu'il rencontre. Trois possibilités peuvent se présenter : ou bien l'Athlète qu'il défie est un Athlète de son propre camp, et les compétitions du jour seront des cham-

pionnats de classement interne ; ou bien il appartient à l'un des deux villages connexes, et ce seront des championnats locaux ; ou bien il appartient au village non connexe et ce sera une rencontre de sélection.

.

XV

Henri, le fils de la sœur du mari de la sœur de
mon père, que j'ai, depuis, pris l'habitude d'appeler mon cousin bien qu'il ne le soit pas, pas plus
que sa mère Berthe n'était ma tante, Marc mon
oncle, Nicha et Paul mes cousins, avait de
l'asthme et, dès avant la guerre, l'air semi-mon-
tagnard de Villard-de-Lans lui avait été recom-
mandé. C'est pour cette raison que tous les
membres de ma famille adoptive qui n'avaient pas
choisi d'émigrer aux États-Unis — c'est-à-dire
environ les deux tiers d'entre eux — se réfugièrent
à Villard-de-Lans en même temps que quelques-
uns de leurs alliés (j'entends par là des parents
lointains) et de leurs amis et qu'un nombre assez
considérable de personnes, généralement mais
pas obligatoirement juives, venues de tous les
coins de la France occupée et parfois même de
plus loin, par exemple de Belgique, et qui vinrent
emplir les villas, pensions de famille et homes
d'enfants dont, heureusement, Villard était abon-
damment pourvu.

Ma tante Esther habitait avec sa famille une
villa assez écartée tout au sommet de la grande

route en pente qui aboutit sur la grand-place de Villard et dont la portion inférieure constitue l'une des deux rues principales, en tout cas pour ce qui concerne les commerces, du village. Le long de cette route se trouvaient également, à droite, en contrebas, la ferme des Gardes, où habitaient Marc, le frère de mon oncle David, sa femme Ada et leurs enfants Nicha et Paul, et un peu plus haut, à gauche, une villa appelée l'Igloo où vivaient Berthe, la sœur de David, son mari Robert et leur fils Henri.

Il me semble que je savais ce qu'était un igloo : abri fait de blocs de glace empilés, construit par les Esquimaux ; mais je ne connaissais sans doute pas la signification du mot « frimas » qui désignait la villa qu'occupait ma tante Esther. Jusqu'à cette minute même, où un tardif scrupule d'autobiographe m'a poussé à aller voir dans divers dictionnaires, j'ai cru à l'explication qui m'a sans doute été donnée la première fois que j'ai demandé ce que ça voulait dire : un équivalent poétique de l'hiver évoquant en même temps la blancheur de la neige et la rigueur du climat, et je viens seulement d'apprendre — en me demandant comment j'ai pu si longtemps l'ignorer — qu'il désigne beaucoup plus spécifiquement le brouillard givrant.

De la villa elle-même, je ne garde aucun souvenir précis, bien que je sois repassé devant il n'y a pas si longtemps, en septembre 1970. Je sais qu'il y a un escalier extérieur, flanqué d'un muret supportant de grosses boules de pierre : c'est parce que trois de ces boules sont visibles sur une photo où, groupés sur l'escalier, un jour d'été, apparaissent quelques adolescents parmi lesquels on peut reconnaître ma cousine Ela et mon cousin Paul.

À côté de la villa, de l'autre côté de la route, il y avait une ferme — c'est aujourd'hui une fabrique de bibelots en matière plastique — occupée par un vieil homme aux moustaches grises, porteur de chemises sans col (ces chemises sans col qu'Orson Welles aime faire porter à Akim Tamiroff et qui évoquent toujours pour moi la dignité perdue des apatrides ou l'orgueil humilié des grands-ducs devenus frotteurs) et dont je garde un souvenir net : il sciait son bois sur un chevalet formé de deux croix parallèles, prenant appui sur l'extrémité de leurs deux montants de manière à former cette figure en X que l'on appelle « Croix de Saint-André », et réunies par une traverse perpendiculaire, l'ensemble s'appelant, tout bonnement, un X.

Mon souvenir n'est pas souvenir de la scène, mais souvenir du mot, seul souvenir de cette lettre devenue mot, de ce substantif unique dans la langue à n'avoir qu'une lettre unique, unique aussi en ceci qu'il est le seul à avoir la forme de ce qu'il désigne (le « Té » du dessinateur se prononce comme la lettre qu'il figure, mais ne s'écrit pas « T »), mais signe aussi du mot rayé nul — la ligne des x sur le mot que l'on n'a pas voulu écrire —, signe contradictoire de l'ablation [en neurophysiologie, où, par exemple, Borison et McCarthy (*J. appl. Physiol.*, 1973, *34* : 1-7) opposent aux chats intacts *(intact)* des chats auxquels ils ont coupé soit les vagues *(VAGX)*, soit les nerfs carotidiens *(CSNX)*] et de la multiplication, de la mise en ordre (axe des X) et de l'inconnu mathématique, point de départ enfin d'une géométrie fantasmatique dont le V dédoublé constitue la figure de base et dont les enchevêtrements multiples tracent les symboles majeurs de l'histoire de mon enfance : deux V accolés par leurs pointes dessinent un X ; en prolongeant les branches du X par des segments égaux et perpendiculaires, on obtient une croix gammée (⊔⊓) elle-même facilement décomposable par une rotation de 90° d'un des segments en Ƨ sur son coude inférieur en sigle Ƨ ; la superposition de deux V tête-bêche aboutit à une figure (⋈) dont il suffit de réunir horizontalement les branches pour obtenir une étoile juive (✡). C'est dans la même perspective que je me rappelle avoir été frappé par le fait que Charlie Chaplin, dans *Le Dictateur*, a remplacé la croix gammée par une figure identique (au point de vue de ses segments) affectant la forme de deux X entrecroisés (✖).

*

Derrière la villa, il y avait un gros rocher, plutôt impraticable de face — il me semble me rappeler avoir vu l'un de mes pseudo-cousins, sans doute Nicha, en entreprendre victorieusement l'escalade — mais assez aisément accessible par-derrière, la seule difficulté consistant à franchir une « cheminée » en prenant appui, en l'absence de toute anfractuosité propice, sur les épaules, sur les reins et les paumes d'un côté, sur les pieds arc-boutés de l'autre : la fierté que je dus ressentir au terme de ce modeste exploit explique sans doute qu'il ait été immortalisé : j'ai pris la pose (un pied légèrement en avant, les mains derrière le dos) au sommet du rocher : l'effet de contre-plongée est à peine perceptible et l'on doit évidemment en déduire que ce gros rocher avait en fait une taille tout à fait moyenne.

J'ai les cheveux coupés très court, je porte une chemisette claire à manches courtes et un short plus sombre et d'une conception plutôt curieuse : il ne semble pas avoir de braguette et il se boutonne sur les côtés ; il n'est pas impossible que ç'ait été un short de ma cousine Ela, il est d'ailleurs trop grand pour moi, pas tellement en longueur (j'ai pu vérifier sur d'autres photos — d'Henri et de Paul, entre autres — que les culottes courtes descendaient aisément, à l'époque, jusqu'au ras des genoux) qu'en largeur, ce que souligne la longueur de la ceinture qui le retient à la taille ; j'ai les jambes nues, très bronzées ; peut-être mes genoux auraient-ils tendance à se toucher (il paraît qu'en arrivant à Villard j'étais très rachitique, mais cela n'est pratiquement pas visible sur la photo) ; je porte des sandales blanches qui devaient être en caoutchouc ou en ersatz de caoutchouc ; je regarde droit vers l'objectif, la bouche entrouverte, souriant à demi ; mes oreilles sont immenses et largement décollées.

*

Je ne crois pas avoir habité très longtemps *Les Frimas*, peut-être seulement pendant les quelques semaines qui ont suivi mon arrivée à Villard, à la fin du printemps 1942. Je me rappelle que mon oncle avait un très beau vélo de course, dont Ela se servait parfois, avec lequel il pouvait faire dans la journée l'aller-retour de Grenoble, ce qui me semblait une extraordinaire prouesse. Je me rappelle aussi que ma tante faisait des nouilles en découpant au couteau dans la pâte, largement étalée sur une table de bois saupoudrée de farine, de longues et étroites lanières qu'elle faisait ensuite sécher. Une autre fois, elle alla jusqu'à fabriquer du savon, avec un mélange de soude et de graisse de bœuf (et peut-être même des cendres).

*

Bien qu'elle soit chronologiquement impossible, puisque n'ayant pu se dérouler qu'en plein hiver, et en dépit du démenti qui lui a été plus tard apporté, c'est dans cette première et courte période que je m'obstine à placer la scène suivante : je descends avec ma tante la route qui mène au village ; en chemin, ma tante rencontre une dame de ses amies à laquelle je dis bonjour en lui tendant la main gauche : quelques jours auparavant, faisant du patin à glace sur la patinoire qui s'étend au bas de la piste des Bains, j'ai été renversé par une luge ; je suis tombé en arrière et me suis cassé l'omoplate ; c'est un os que l'on ne peut plâtrer ; pour qu'il puisse se ressouder on m'a attaché le bras droit derrière le dos avec tout un système de contention m'interdisant le moindre mouvement, et la manche droite de ma veste se balance dans le vide, comme si j'étais définitivement manchot.

Ni ma tante ni ma cousine Ela n'ont gardé le souvenir de cette fracture qui, suscitant l'apitoiement général, était pour moi la source d'une ineffable félicité.

En décembre 1970, j'allai passer quelques jours chez un ami qui vivait à Lans, à sept kilomètres de Villard, et j'y rencontrai un maçon, nommé Louis Argoud-Puix. Né et élevé à Villard, il avait approximativement mon âge et nous n'eûmes aucun mal à évoquer le souvenir d'un camarade commun, Philippe Gardes, dont les parents hébergèrent longtemps Marc, Ada, Nicha et Paul et dont Nicha épousa plus tard la sœur aînée. Lors de ma dernière année à Villard, j'allai à l'école communale avec Philippe. Louis Argoud-Puix m'affirma qu'il avait fait toute l'école avec lui, mais il ne se souvenait absolument pas de moi. Je lui demandai s'il se souvenait de cet accident qui me serait arrivé. Il ne s'en souvenait pas davantage, mais cela le surprenait extrêmement car il gardait le souvenir précis d'un accident en tout point identique dans ses causes (patin à glace, choc de la luge, chute en arrière, fracture de l'omoplate) comme dans ses effets (impossibilité de plâtrer, recours à une contention d'apparence mutilante) survenu à ce même Philippe à une date qu'il ne put d'ailleurs préciser.

L'événement eut lieu, un peu plus tard ou un peu plus tôt, et je n'en fus pas la victime héroïque mais un simple témoin. Comme pour le bras en écharpe de la gare de Lyon, je vois bien ce que pouvaient remplacer ces fractures éminemment réparables qu'une immobilisation temporaire suffisait à réduire, même si la métaphore, aujourd'hui, me semble inopérante pour décrire ce qui précisément avait été cassé et qu'il était

sans doute vain d'espérer enfermer dans le simulacre d'un membre fantôme. Plus simplement, ces
thérapeutiques imaginaires, moins contraignantes
que tutoriales, ces *points de suspension*, dési-
gnaient des douleurs nommables et venaient à
point justifier des cajoleries dont les raisons
réelles n'étaient données qu'à voix basse. Quoi
qu'il en soit, et d'aussi loin que je me souvienne, le
mot « omoplate » et son comparse, le mot « clavi-
cule », m'ont toujours été familiers.

XVI

Après divers tâtonnements, reflets de tiraillements entre des tendances orthodoxes qui prétendaient s'en tenir aux épreuves des Jeux antiques ou, à la limite, aux douze qui furent choisies pour les Jeux d'Athènes de 1896, et des tendances modernistes qui souhaitaient imposer d'autres disciplines telles que l'haltérophilie, la gymnastique, le football, l'Administration des Jeux a fini par fixer à vingt-deux le nombre des épreuves à disputer.

À l'exception de la lutte gréco-romaine (qui est ici en fait une sorte de pancrace où les lutteurs, outre qu'ils se battent à mains nues, peuvent se porter des coups de coude, ceux-ci étant entourés de lanières de cuir plombées), toutes ces épreuves appartiennent à ce que les Américains appellent le « Track and Field », c'est-à-dire à l'athlétisme. Douze sont des courses, parmi lesquelles trois épreuves de sprint (100 m, 200 m, 400 m), deux de demi-fond (800 et 1 500 m), trois de fond (5 000 m, 10 000 m, marathon), quatre d'obstacles (110 m haies, 200 m haies, 400 m haies, 3 000 m steeple) : sept sont des concours, parmi lesquels trois épreuves de saut (hauteur, longueur, triple saut) et quatre épreuves de lancer (poids, marteau, disque et javelot). À ces dix-neuf épreuves d'athlétisme s'ajoutent deux concours mixtes combinant plusieurs disciplines, le pentathlon et le décathlon. Assez inexplicablement, mais peut-être pour des raisons morphologiques, le saut à la perche n'est pas, ou n'est plus, pratiqué. Il n'existe pas davantage d'épreuves de relais ; elles n'auraient ici aucun sens, elles ne seraient pas comprises par le public : la victoire d'un homme est toujours la victoire de son équipe, la victoire « par équipe » ne veut rien dire.

Pour que l'intérêt des Jeux soit assuré, il faut évidemment que la lutte soit chaude entre les représentants des villages. Chaque village est donc tenu d'aligner des concurrents au départ de chaque épreuve et doit, par conséquent, former ses hommes en vue de cette obligation. Il s'ensuit que l'entraînement des Athlètes obéit à une spécialisation poussée et que l'on s'efforce de former, pour chaque type d'épreuve, ceux qui seront les meilleurs dans cette épreuve et dans cette épreuve seulement.

L'effectif d'un village oscille entre 380 et 420 Athlètes. Parmi ceux-ci, un nombre variable (entre 50 et 70) de novices (ce sont des garçons de quatorze ans qui, venant des Maisons de Jeunes, arrivent au village au fur et à mesure que les vétérans le quittent) et un nombre immuable de concurrents, 330 répartis en 22 équipes de 15 Athlètes chacune. Lorsqu'un Athlète quitte son équipe, soit parce qu'il est atteint par la limite d'âge, soit parce qu'il n'apparaît plus capable d'aucune performance valable, soit par suite d'un accident, les Directeurs sportifs choisissent, parmi les plus anciens des novices (ils ont alors dix-sept ou dix-huit ans), celui qui leur

semble, sur la base de critères morphologiques, physiologiques et psychologiques et en se fondant sur
les résultats obtenus à l'entraînement, le plus apte à
prendre sa place.

Les épreuves de classement régulièrement pratiquées dans chaque village pour chaque équipe permettent de déterminer quels sont les trois meilleurs
de ces quinze Athlètes. Ce sont ces trois Athlètes
classés qui représentent le village dans les championnats locaux, dans les épreuves de sélection et
aux Olympiades. Les deux meilleurs ont, de surcroît, le droit, farouchement envié, de participer aux
Atlantiades. En revanche, ce sont les douze derniers,
c'est-à-dire les Athlètes non classés, qui prennent
part aux Spartakiades.

On voit que ce mode de répartition en quelque
sorte dynastique répond surtout à un souci d'organisation ; il permet un décompte exact et rigoureux
des Athlètes, ce qui, du point de vue des Officiels,
réduit au maximum toutes les opérations de
contrôle. On sait une fois pour toutes qu'il y a, dans
tout W, soixante sprinters de 100 mètres répartis en
quatre équipes de quinze, que six participent aux
championnats locaux ou aux épreuves de sélection,
huit aux Atlantiades, douze aux Olympiades et qua-
rante-huit aux Spartakiades. On sait, de la même
façon, que les Atlantiades rassemblent 176 concurrents, les Olympiades 264 et les Spartakiades 1 056.
Une fois fixés, ces chiffres n'ont pas tardé à devenir
immuables, ils se sont incorporés au rituel des éliminatoires ; grâce à eux, le déroulement d'une rencontre, quelle qu'elle soit, est toujours assuré d'une
régularité absolue, ce dont l'Administration des

117

Jeux, toujours soucieuse d'efficacité, ne peut que se réjouir.

C'est évidemment pour les Directeurs sportifs, qu'ils soient responsables d'un village entier ou seulement d'une équipe, que ce système présente quelques inconvénients. Le plus grave est sans doute qu'il interdit le cumul. On sait — les palmarès de la plupart des Jeux, les doubles victoires de Thorpe à Stockholm, de Hill à Anvers, de Kuts à Melbourne, de Snell à Tokyo, les triples victoires de Zatopek à Helsinki et d'Owens à Berlin, la quadruple victoire de Paavo Nurmi à Paris, sont là pour le démontrer — qu'un sprinter est généralement aussi bon sur 100 m que sur 200 m, un coureur de demi-fond sur 800 et sur 1 500, un coureur de fond aux 5 000, aux 10 000 et au marathon. La plupart des Directeurs sportifs auraient donc souvent tout intérêt, à la veille d'une grande compétition, à aligner un même Athlète — celui qui serait alors au meilleur de sa forme — au départ de plusieurs épreuves. Bien que cela soit théoriquement possible, bien qu'aucune loi écrite n'interdise le cumul, cela ne s'est jamais vu : aucun village ne s'est jamais risqué à engager dans une rencontre moins de concurrents qu'il n'est normalement prévu, de peur sans doute d'indisposer les Organisateurs, ne serait-ce que parce que la présentation des Athlètes aux Officiels, lors de l'ouverture des Olympiades, par exemple, affecte la forme d'un W grandiose dessiné par les 264 concurrents et qu'une équipe à l'effectif réduit (mais comptant sur un seul de ses champions pour remporter plusieurs victoires) troublerait la perfection de cette mosaïque humaine.

L'on préfère admettre, même si cela n'est pas toujours réellement vérifié, que les méthodes d'entraînement sont suffisamment appropriées aux différents types d'épreuve pour qu'un sprinter, par exemple, puisse être spécifiquement préparé pour le 100 mètres, tandis qu'un autre le sera pour le 200.

Il reste évidemment le cas du pentathlon et du décathlon. L'une des conséquences de cet entraînement ultra-spécialisé est que l'on n'a pas le temps — ni, à vrai dire, la méthode — de former un Athlète capable de pratiquer cinq ou dix épreuves différentes avec un minimum d'efficacité. L'entraînement pluri-disciplinaire que suivent les novices lors de leurs premières années dans le village serait encore le mieux adapté, mais les maigres efforts qui ont été faits pour le poursuivre d'une manière professionnelle en vue de former des Athlètes réellement polyvalents n'ont pas été couronnés de succès. Ceci s'explique aisément : les lois du sport W, chaque village l'a assez vite compris, sont ainsi faites qu'il vaut mieux tout mettre en œuvre pour remporter cinq courses, avec cinq Athlètes préparés pour ces seules courses, qu'une seule victoire avec un unique Athlète devant triompher dans cinq ou dix épreuves.

Les Organisateurs, d'abord étonnés par la faiblesse véritablement déplorable des résultats obtenus lors des décathlons et des pentathlons, faillirent un instant supprimer ces épreuves. Ils les maintinrent, finalement, mais en les adaptant d'une façon tout à fait originale à la médiocrité des concurrents : ils en firent des épreuves pour rire, des fausses épreuves destinées à délasser le public de la tension extrêmement forte qui règne pendant la plupart des compétitions : c'est déguisés en clowns, grimés d'une manière outrancière, que les concurrents du pentathlon et du décathlon pénètrent sur le stade et chaque épreuve est prétexte à dérision : le 200 mètres se court à cloche-pied, le 1 500 mètres est une course en sac, la planche d'appel du saut en longueur est souvent dangereusement savonnée, etc. La victoire dans ces épreuves requiert certes quelques aptitudes sportives, mais surtout des qualités d'acteur, un certain sens du mime, de la parodie ou du grotesque. Un novice faiseur de grimaces, ou affligé de tics, ou légèrement handicapé, s'il est par exemple rachitique, ou s'il boite, ou s'il traîne un peu la patte, ou s'il présente quelque tendance à l'obésité, ou s'il est au contraire d'une maigreur extrême, ou s'il est atteint d'un fort strabisme, risquera fort — mais l'on court souvent des risques encore plus grands que d'être livré aux facéties d'un public hilare — d'être affecté à l'équipe du pentathlon ou du décathlon.

C'est là aussi — rarissime exemple de changement d'équipe — que pourra se retrouver, s'il a eu les appuis nécessaires, un Athlète en exercice évincé à jamais de la compétition à la suite, par exemple, d'un accident, s'il est encore trop jeune pour jouir des droits des vétérans et trop manifestement inapte à devenir entraîneur.

XVII

Je fus d'abord mis en pension dans un home d'enfants que dirigeait un certain M. Pfister (c'était peut-être un Suisse). Louis Argoud-Puix affirme que cette pension se nommait *Le Clos-Margot*, bien que dans mon vague et lointain souvenir, elle porte un nom d'oiseau (*Les Mésanges*, par exemple). Il paraît, m'a dit ma tante, qu'à cette époque je ne savais pas lacer mes souliers ; c'était peut-être une des conditions exigées pour pouvoir être pensionnaire (comme savoir couper sa viande, savoir ouvrir et fermer un robinet, savoir boire sans renverser d'eau, ne pas faire pipi au lit, etc.).

La pension se trouvait dans le voisinage immédiat des *Frimas* et j'eus sans doute pendant cette époque qui, me semble-t-il, ne dura que quelques mois, de fréquents contacts avec ma famille adoptive. C'est ainsi que je me souviens qu'un jour j'accompagnai ma tante Esther chez sa belle-sœur Berthe, à *L'Igloo* ; elles s'installèrent au salon et Berthe m'envoya jouer en haut avec son fils Henri qui devait alors avoir douze ou treize ans. Je ne sais pourquoi je garde un souvenir très précis de l'escalier, extrêmement étroit et à la pente très raide. Je trouvai Henri et l'un de ses lointains cousins, nommé Robert (sa tante était la femme du cousin de son grand-père maternel), assis à même le sol, en train de jouer avec acharnement à la bataille navale mouvante (variante assez compliquée de la bataille navale dans laquelle, on l'a deviné, les vaisseaux ont le droit de se déplacer au cours de la partie : j'aurai l'occasion de reparler de ce jeu) ; ils refusèrent d'emblée de m'associer à leur partie, affirmant que j'étais trop petit pour en comprendre le mécanisme, ce qui m'humilia beaucoup.

*

Du monde extérieur, je ne savais rien, sinon qu'il y avait la guerre et, à cause de la guerre, des réfugiés : un de ces réfugiés s'appelait Normand et il habitait une chambre chez un monsieur qui s'appelait Breton. C'est la première plaisanterie dont je me souvienne.

Il y avait aussi des soldats italiens, des chasseurs alpins avec des uniformes, me semble-t-il, d'un vert criard. On ne les voyait pas beaucoup. On disait qu'ils étaient bêtes et inoffensifs.

XVIII

*Il est clair que l'organisation de base de la vie
sportive sur W (l'existence des villages, la composition des équipes, les modalités de sélection, pour ne
donner de cette organisation que des exemples élé-
mentaires) a pour finalité unique d'exacerber la
compétition, ou, si l'on préfère, d'exalter la victoire.
On peut dire, de ce point de vue, qu'il n'existe pas de
société humaine susceptible de rivaliser avec W. Le*
struggle for life *est ici la loi ; encore la lutte n'est-
elle rien, ce n'est pas l'amour du Sport pour le Sport,
de l'exploit pour l'exploit, qui anime les hommes W,
mais la soif de la victoire, de la victoire à tout prix.
Le public des stades ne pardonne jamais à un Athlète d'avoir perdu, mais il ne ménage pas ses
applaudissements aux vainqueurs. Gloire aux vainqueurs ! Malheur aux vaincus ! Pour le sportif pro-
fessionnel qu'est le citoyen d'un village, la victoire
est la seule issue possible, la seule chance. La victoire à tous les niveaux : dans sa propre équipe,
dans les rencontres avec les autres villages, dans les
Jeux, enfin et surtout.*

*Comme toutes les autres valeurs morales de la
société W, cette exaltation du triomphe a trouvé*

dans la vie quotidienne son expression concrète :
des cérémonies grandioses sont données en l'hon-
neur des Athlètes victorieux. Il est vrai que de tout
temps les vainqueurs ont été célébrés, qu'ils sont
montés sur le podium, qu'on a joué pour eux
l'hymne de leur nation, qu'ils ont reçu des
médailles, des statues, des coupes, des diplômes, des
couronnes, que leur ville natale les a faits citoyens
d'honneur, que leur gouvernement les a décorés.
Mais ces célébrations et ces honneurs ne sont rien à
côté de ceux que la Nation W réserve à ceux qui ont
mérité d'elle. Chaque soir, quelles qu'aient été les
compétitions disputées dans la journée, les trois
premiers de chaque série, après être montés sur le
podium, après avoir été longuement applaudis par
la foule, qui leur a lancé des fleurs, des confetti, des
mouchoirs, après avoir reçu des mains des calli-
graphes officiels le diplôme armorié immortalisant
leur exploit, après avoir eu l'insigne privilège de his-
ser l'oriflamme de leur village au sommet des mâts
olympiques, les trois premiers de chaque série sont
conduits, précédés des porteurs de torches et des
porteurs d'étendards, des lanceurs de colombes et
des fanfares, jusqu'aux grands salons du stade cen-
tral où est préparée pour eux une réception rituelle,
pleine d'éclat et de munificence. Ils se débarrassent
de leurs survêtements, on les invite à choisir un cos-
tume magnifique, un habit brodé, une cape de soie
aux brandebourgs rutilants, un uniforme chamarré
constellé de décorations, un frac, un pourpoint au
jabot et aux parements de dentelles. Ils sont amenés
devant les Officiels, qui lèvent leur verre à leur santé
en les congratulant. On les entraîne dans un tour-
billon de toasts et de libations. On leur offre un ban-

quet qui se prolonge souvent jusqu'à l'aube : les mets les plus exquis leur sont proposés, les vins les plus capiteux, les charcuteries les plus fines, les douceurs les plus onctueuses, les alcools les plus enivrants.

Les fêtes célébrées au moment des grands Jeux ont évidemment plus d'ampleur et plus d'éclat que les fêtes données aux vainqueurs des championnats de classement ou des championnats locaux. Mais cette différence, pour marquée qu'elle soit, n'est pas essentielle à la compréhension du système de valeurs en usage sur W. Ce qui, par contre, est beaucoup plus significatif, et qui constitue même un des traits les plus originaux de la société W, c'est, non pas que les vaincus soient exclus de ces fêtes — ce qui n'est que justice — mais qu'ils soient purement et simplement privés de repas du soir. Il va de soi, en effet, que si vainqueurs et vaincus recevaient tous deux de la nourriture, le seul privilège des vainqueurs serait alors d'obtenir une nourriture de meilleure qualité, une nourriture de fête au lieu d'une nourriture quotidienne. Les Organisateurs, non sans raison, se sont dit que cela ne suffirait peut-être pas à donner aux athlètes la combativité nécessaire à des compétitions de haut niveau. Pour qu'un Athlète gagne, il faut d'abord qu'il veuille gagner. Sans doute le souci de sa gloire personnelle, le désir de se faire un nom, sa fierté nationale constituent-ils des moteurs puissants. Mais, à l'instant crucial, au moment où l'homme doit donner le meilleur de lui-même, où il doit aller au-delà de ses forces et puiser dans un ultime détachement l'énergie qui lui permettra d'arracher la victoire, il n'est pas inutile que ce qui est alors en jeu relève d'un mécanisme *presque élémentaire de survie, d'un réflexe de défense devenu quasi instinctif : ce que l'Athlète tient au bout de sa victoire, c'est beaucoup plus que le prestige, nécessairement fugace, d'avoir été le plus fort, c'est, par la seule obtention de ce repas supplémentaire, la garantie d'une meilleure condition physique, la certitude d'un meilleur équilibre alimentaire et, par conséquent, d'une meilleure forme.*

C'est ici que l'on pourra apprécier à quel point le système d'alimentation W s'insère d'une manière subtile dans le système global de la société et en devient même une des articulations essentielles. Il va de soi que l'absence de repas du soir ne constitue pas, en elle-même, une privation vitale. Si tel était le cas, il n'y aurait plus depuis longtemps de vie sportive, ni même de vie tout court, sur W : un simple calcul montre en effet que, dans le meilleur des cas, celui des championnats de classement, 264 Athlètes seulement, sur un total de 1320, ont une chance de dîner. Après des championnats locaux ou des épreuves de sélection, il n'y en a plus que 132 et, à l'issue des Jeux, il n'en reste que 66, c'est-à-dire, très exactement, un sur vingt. La grande majorité des Athlètes serait donc sous-alimentée d'une manière chronique. Ils ne le sont pas : leur régime comporte trois repas par jour, le premier le matin, très tôt, avant le cross de mise en train, le second à midi, à la fin des séances d'entraînement, le troisième à 16 heures, au cours de la mi-temps traditionnelle qui sépare les éliminatoires des finales. Par contre, ces repas sont calculés de façon à ne pas satisfaire pleinement les besoins diététiques et énergétiques des athlètes. Le sucre en est presque complètement absent, de même que la vitamine B1, indispensable à l'assimilation des glucides. *Les Athlètes sont donc, d'une façon permanente, soumis à un régime de carence qui, à plus ou moins long terme, risque de compromettre sérieusement leur résistance à la fatigue musculaire. Le repas des vainqueurs, avec ses fruits frais, ses vins doux, ses bananes séchées, ses dattes, ses confitures de fraises, ses compotes, ses médailles de chocolat, constitue donc, de ce point de vue, une véritable récupération glucidique indispensable à la bonne condition des Athlètes.*

L'inconvénient de cette méthode est évidemment qu'elle risque, en favorisant les vainqueurs et en pénalisant sévèrement les vaincus dans un domaine précisément lié aux conditions physiologiques de la compétition, d'accentuer les différences entre les Athlètes et d'aboutir à une sorte de système en circuit fermé : les vainqueurs du jour, récompensés le soir même par une ration supplémentaire de sucre, ont toutes les chances d'être aussi les vainqueurs du lendemain, et ainsi de suite, les uns étant de plus en plus vigoureux, les autres de plus en plus faibles. Ceci ôterait évidemment tout intérêt aux compétitions, les résultats en étant pour ainsi dire connus d'avance. Pour pallier cet inconvénient, les organisateurs n'ont pris aucune mesure particulière ; plutôt que d'interdire aux vainqueurs l'entrée des stades au lendemain de leur victoire — mesure évidemment contraire à l'esprit même de la vie W —, ils ont préféré, faisant encore une fois la preuve de leur sagacité, de leur profonde connaissance du cœur humain, faire confiance à ce qu'en riant ils appellent la nature. L'expérience leur a donné raison. Les vainqueurs ne sont pas exclus des compétitions du lendemain. Mais, le plus souvent, ils ont passé une nuit blanche et n'ont regagné leurs quartiers que pour l'appel du matin. Affamés de sucre, ils se sont précipités sur les nourritures, ils se sont empiffrés comme des goinfres. Grisés par leur victoire, ils se sont laissés aller à répondre à tous les toasts qu'on portait en leur honneur, mélangeant les vins et les liqueurs jusqu'à rouler sous la table. On comprend aisément pourquoi, dans ces conditions, il est rarissime qu'un Athlète triomphe deux fois de suite. La sagesse voudrait que le vainqueur se refrène, qu'il refuse ou, au moins, limite les libations, qu'il consomme avec modération des aliments choisis. Mais les tentations sont si fortes pour les lauréats fêtés qu'il faudrait une âme singulièrement trempée pour y résister. Nul ne les y pousse, d'ailleurs, ni les Officiels — au contraire, ils les invitent à tout instant à vider leurs verres —, ni les Directeurs sportifs, qui, soucieux du bien-être de leur équipe, ont tout intérêt à ce qu'une permutation rapide des vainqueurs assure le plus régulièrement possible au maximum d'Athlètes l'indispensable appoint énergétique de ces repas du soir.

XIX

Le collège Turenne, que l'on appelait aussi le Clocher, était une bâtisse rose, assez grande, de construction sans doute récente, située un peu à l'écart de Villard, à quelque cinq cents mètres au-delà des *Frimas*, ainsi que je le découvris avec stupéfaction quand je revins le visiter en décembre 1970, tellement dans mon souvenir c'était un lieu terriblement éloigné, où nul ne venait jamais, où les nouvelles n'arrivaient pas, où celui qui en avait passé le seuil ne le repassait plus.

Le collège était une institution religieuse, dirigée par deux sœurs (peut-être à la fois au sens familial et religieux du terme) que j'imagine, plutôt que je ne revois, vêtues de longues robes grises et portant à la ceinture d'énormes trousseaux de clés. Elles étaient sévères et peu enclines à la tendresse. Le directeur des études était au contraire d'une très grande gentillesse et j'avais pour lui un sentiment proche de la vénération ; il s'appelait le Père David, c'était un moine franciscain ou dominicain, vêtu d'une robe blanche, avec une ceinture en corde tressée au bout de laquelle pendait un chapelet. Quel que fût le temps, il marchait pieds nus dans des sandales. Je crois me souvenir qu'il était chauve et qu'il portait une grande barbe rousse. Selon ma tante, c'était un juif converti et c'est peut-être autant par prosélytisme que par souci de protection qu'il exigea que je sois baptisé.

Je ne sais pas comment se fit mon éducation religieuse et j'ai tout oublié du catéchisme qu'on m'inculqua, sinon que je m'y appliquai avec une ferveur et une dévotion exagérées. Je garde, en tout cas, un souvenir extrêmement précis de mon baptême, célébré un jour de l'été 1943. Le matin même j'avais fait vœu de pauvreté, c'est-à-dire que j'avais décidé que, pour commencer, je porterais pour la cérémonie du baptême les vêtements que je portais tous les jours. Je m'étais retiré dans un coin du potager qu'il y avait derrière le collège et j'étais plongé en prières lorsque survinrent les directrices et deux femmes de ménage. Elles me cherchaient depuis une heure. Elles m'empoignèrent et, malgré mes protestations, me déshabillèrent, me trempèrent dans une cuve remplie d'eau froide et me frottèrent sans aménité avec du savon de Marseille — ou ce qui en tenait lieu à l'époque — avant de m'obliger à revêtir un superbe costume marin. Ma seule consolation fut que je gardai mes chaussures, qui n'avaient rien de cérémoniel.

Le costume marin appartenait à mon parrain, un jeune garçon belge réfugié à Villard avec sa sœur, qui fut ma marraine. Ils étaient, m'a-t-on dit plus tard, les enfants d'une des dames d'honneur de la reine de Belgique. C'est sans doute d'eux que je reçus comme cadeau de baptême une sorte d'image en relief de la Vierge à l'Enfant encadrée de dorures que, pendant tout l'après-midi, dispensé d'étudier, assis au fond de la classe, je contemplai dévotement et que j'accrochai le soir au-dessus de mon lit.

Le lendemain matin, je rendis le costume, mais ma piété et ma foi demeurèrent exemplaires et le Père David me nomma chef religieux de mon dortoir, me chargeant de donner le signal de la prière du soir et de veiller à sa bonne exécution. Certains matins, j'obtenais la permission de me lever avant les autres et d'assister à la messe que, servi par un unique enfant de chœur, le Père David disait pour lui et les deux directrices dans la petite chapelle au chemin de croix stylisé dont le clocher donnait son surnom au collège. Mon souhait le plus cher aurait été d'être cet enfant de chœur, mais cela était impossible : je devais d'abord faire ma première communion, puis ma communion solennelle, et même ma confirmation. Je connaissais les sept sacrements et la confirmation me semblait le plus mystérieux de tous, peut-être parce qu'elle n'a lieu qu'une seule fois (au contraire de la communion — ou eucharistie — et de la confession — ou pénitence — qui à la limite peuvent être quotidiennes) et que son inutilité profonde (à quoi bon confirmer ce que le baptême a déjà énoncé ?) s'accompagne d'un cérémonial mettant en scène un véritable dignitaire de l'Église, un évêque, un homme officiel, une personnalité, un personnage aux dimensions pour moi quasi historiques et dont je ne connaissais pas encore d'équivalent, ne prêtant attention ni aux généraux — dont dix-huit mois ou deux ans plus tard j'allais faire mes idoles —, ni aux ministre, ni aux champions sportifs qui d'ailleurs, en ces époques troublées, n'avaient guère d'occasion de se manifester.

Un évêque vint au collège confirmer en leur donnant un soufflet — d'autant plus symbolique qu'il ne ressemblait absolument pas à ce que je savais être une baffe, une gifle ou une torgnole — quelques-uns des pensionnaires, vraisemblablement parmi les plus âgés. La cérémonie, aussi fabuleuse que fabulée, eut lieu en plein air ; à ma grande déception, l'évêque ne portait ni sa mitre ni sa crosse ; il était vêtu d'une soutane noire et seules une étole et une calotte violettes témoignaient de sa très haute condition. Je me souviens que j'avais très envie de le toucher, mais je ne sais pas si j'y suis arrivé.

J'ai un vague souvenir des litanies, la faible impression d'entendre encore l'interminable ressassement des « priez pour nous » repris en chœur après chaque nom de saint. À ce souvenir s'associe celui des jeux de mots en forme de comptine où la suite des nombres aboutit, généralement assez vite, à un calembour : « Une gare, deux gares, trois gares, quatre gares, cinq gares, cigare ! » ou encore : « Pie un, Pie deux, Pie trois, Pie quatre, Pie cinq, Pie six, Pissette ! »

Je me souviens aussi de « Je suis chrétien, voilà ma gloire, mon espérance et mon soutien », mais bien sûr, j'ai oublié la suite, de même que je ne sais plus ce qui vient après « Il est né le divin enfant, jouez hautbois, résonnez musettes... »

XX

Dès la fondation de W, il fut décidé que les noms des premiers vainqueurs seraient pieusement conservés dans la mémoire des hommes et qu'ils seraient donnés à tous ceux qui leur succéderaient au palmarès. L'usage s'imposa dès les secondes Olympiades : le vainqueur du 100 mètres reçut le titre de Jones, celui du 200 le titre de MacMillan, ceux du 400, du 800, du marathon, du 110 mètres haies, du saut en longueur et du saut en hauteur, furent respectivement appelés Gustafson, Müller, Schollaert, Kekkonen, Hauptmann et Andrews.

La coutume se généralisa bientôt et l'on désigna selon le même principe les vainqueurs des Spartakiades et des épreuves de sélection, puis des championnats locaux et des championnats de classement. Enfin, les seconds et les troisièmes, qui avaient d'abord été glorifiés par l'adjonction à leurs noms des qualificatifs honorifiques « d'argent » et « de bronze », se virent à leur tour décerner pour titre le nom du plus ancien de ceux qui avaient occupé leur place.

Il était évident que ces titres, arborés comme des médailles, symboles de victoire, n'allaient pas tarder à devenir plus importants que le nom des Athlètes. Pourquoi dire d'un vainqueur : il s'appelle Martin, il est champion olympique du 1 500 mètres, ou : il s'appelle Lewis, il s'est classé second au triple saut dans le match local W contre Ouest-W, alors qu'il suffit de dire : il est le Schreiber ou : il est Van den Bergh. L'abandon des noms propres appartenait à la logique W : bientôt l'identité des Athlètes se confondit avec l'énoncé de leurs performances. À partir de cette idée clé — un Athlète n'est que ce que sont ses victoires — s'est édifié un système onomastique aussi subtil que rigoureux.

Les novices n'ont pas de noms. On les appelle « novice ». On les reconnaît à ce qu'ils n'ont pas de W sur le dos de leurs survêtements, mais un large triangle d'étoffe blanche, cousu la pointe en bas.

Les Athlètes en exercice n'ont pas de noms, mais des sobriquets. Ces sobriquets furent, à l'origine, choisis par les Athlètes eux-mêmes ; ils faisaient allusion, soit à des particularités physiques (le Fluet, le Nez-Cassé, le Bec-de-Lièvre, le Rouquin, le Frisé), soit à des qualités morales (le Rusé, le Bouillant, le Lourdaud), soit à des particularités ethniques ou régionales (le Frison, le Sudète, l'Insulaire). Par la suite, on y ajouta des dénominations presque complètement arbitraires s'inspirant, sinon de l'anthroponymie indienne, du moins de son imitation scoute : Cœur de Bison, Jaguar véloce, etc.

L'Administration n'a jamais vu d'un bon œil l'existence de ces sobriquets qui, très populaires chez les Athlètes, risquaient de dévaloriser l'usage des noms-titres. Non seulement elle ne les a jamais acceptés officiellement (pour elle, un Athlète, en dehors des noms que peuvent lui valoir ses vic-

toires, n'est désigné que par l'initiale de son village assortie d'un numéro d'ordre), mais elle a même réussi, d'une part, à en limiter l'usage à l'intérieur des villages, évitant par là qu'ils se popularisent sur les stades, d'autre part à en interdire le renouvellement. Les sobriquets sont désormais héréditaires : l'Athlète qui quitte son équipe laisse au novice qui le remplace son nom officiel (c'est-à-dire son numéro d'ordre dans le village) et son surnom. On a pu sourire, pendant quelque temps, en voyant un géant baptisé « maigrichon », ou un obèse répondant au surnom de « nabot ». Mais, dès la troisième génération, les sobriquets avaient perdu tout leur pouvoir évocateur. Ils n'étaient plus désormais que des repères atones, à peine plus humains que les matricules officiels. Dès lors, seuls comptaient les noms donnés par les victoires.

Le mode de classement des Athlètes et l'organisation des compétitions font qu'il y a moins de noms que d'Athlètes (ce qui est évident puisque les noms signalent les victoires) et que, c'est là une particularité remarquable du système de nom W, un Athlète peut porter plusieurs noms.

Des championnats de classement sortent 264 noms, 66 par village, correspondant aux trois premiers dans chacune des 22 disciplines pratiquées. Les quatre championnats locaux en fournissent quatre fois 66 autres, c'est-à-dire encore 264 ; les deux épreuves de sélection en redonnent deux fois 66, c'est-à-dire 132. Les Olympiades et les Spartakiades ont chacune 66 vainqueurs, soit encore une fois 132 noms. Les Atlantiades, enfin, qui consistent en une course tout à fait particulière, ont un nombre indéterminé de vainqueurs (géné-

ralement de 50 à 80) qui ont tous droit au même nom, celui de Casanova. Il y a donc au total, dans tout W, 793 noms. Mais les championnats locaux, les Sélections, les Olympiades et les Atlantiades étant disputés par les vainqueurs des championnats de classement, il s'ensuit que les 264 Athlètes classés et déjà pourvus d'un nom grâce à leur victoire dans les championnats de classement, se disputent 463 des 529 titres restants, alors que les 1 056 Athlètes non classés n'ont à se partager que les 66 noms mis en jeu aux Spartakiades. En somme, sur les 1 320 Athlètes en exercice, 330 Athlètes en tout auront droit à une identité officielle, 264 grâce aux championnats de classement et aux autres compétitions, 66 grâce aux Spartakiades. Les 66 champions des Spartakiades ne pourront porter d'autres titres que celui qu'ils auront gagné dans ces épreuves ; les autres, au contraire, pourront cumuler jusqu'à six noms. Ainsi, un coureur de 400 mètres de Nord-W peut :

— être Westerman, en se classant premier au championnat de classement de Nord-W ;

— être Pfister, en se classant second au championnat local W contre Nord-W ;

— être Cummings, en se classant second au championnat local Nord-W contre Nord-Ouest-W ;

— être Grunelius, en arrivant premier dans la sélection Nord-W contre Ouest-W ;

— recevoir le titre prestigieux du Gustafson, en triomphant dans les Olympiades (pour le vainqueur des Olympiades, on fait précéder le nom de l'article défini, comme pour les cantatrices, et l'on dit « le Gustafson », « le Jones », « le Kekkonen », etc.) ;

— être enfin Casanova, en figurant parmi les vainqueurs d'une Atlantiade.

Ce sont ces six noms qui, inscrits sur son palmarès, constitueront son titre officiel et que, respectant une hiérarchie immuable, il prononcera ainsi quand il devra se présenter devant les Officiels : le Gustafson de Grunelius de Pfister de Cummings de Westerman-Casanova.

Il va de soi que ces dénominations, pour officielles qu'elles soient, sont de durée variable. Le titre de champion olympique est l'un des plus solides, puisqu'il n'y a qu'une Olympiade par an ; le titre de Casanova est mis en jeu tous les mois, à chaque Atlantiade ; les titres issus des victoires remportées dans les sélections, les championnats locaux et les championnats de classement doivent être défendus presque chaque semaine.

Le titre de champion olympique, le plus stable, et partant le plus disputé, représente un sommet dans la carrière d'un Athlète. L'usage s'est assez vite établi d'en conserver le privilège à celui qui l'a une fois conquis, même s'il n'a plus jamais renouvelé son exploit. De même que l'on appelle à vie « monsieur le Président » celui qui a été, ne fût-ce qu'une semaine, président du Conseil, de même appelle-t-on à vie « le Kekkonen » celui qui a, ne serait-ce qu'une fois, remporté le 110 mètres haies aux Olympiades. Néanmoins, pour ne pas confondre ce, ou plutôt ces, car ils sont plusieurs, Kekkonen d'honneur avec le Kekkonen en exercice, on transforme légèrement le titre, généralement en redoublant la première syllabe. On dit ainsi le Kekekkonen, le Jojones, le MacMacMillan, le Schoschollaert, l'Andrandrews, pour signaler les *anciens vainqueurs olympiques du 110 mètres haies, du 100 mètres, du 200 mètres, etc.*

*Ces titres honorifiques supplémentaires sont bien davantage que de simples marques de respect. La coutume veut en effet que divers privilèges soient attachés aux noms. Les Athlètes classés (c'est-à-dire ayant au moins un nom) ont le droit de se déplacer librement dans le Stade central. Ceux qui ont deux noms (par exemple, Amstel-Jojones, 3ᵉ aux 100 m de N.-O.-W, ex-champion olympique) ont droit à des douches supplémentaires. Ceux qui ont trois noms (par exemple, Moreau-Pfister-Casanova, 2ᵉ du 400 m W, 2ᵉ du 400 W-N.-W, vainqueur de l'Atlantiade) ont droit à un entraîneur particulier que l'on appelle l'*Oberschrittmacher, *c'est-à-dire l'Entraîneur* général, *sans doute parce que le premier à avoir occupé ce poste était allemand ; ceux qui ont quatre noms ont droit à un survêtement neuf, etc.*

XXI

Une fois, les Allemands vinrent au collège. C'était un matin. De très loin, on en vit deux — des officiers — qui traversaient la cour en compagnie d'une des directrices. Nous allâmes en classe comme d'habitude, mais on ne les revit pas. À midi, le bruit se répandit qu'ils avaient seulement regardé les registres du collège et qu'ils étaient repartis en réquisitionnant le cochon que le cuisinier élevait (je me souviens du cochon : il était énorme ; il se nourrissait exclusivement d'épluchures).

Une autre fois, ma tante Esther vint me voir. On nous prit en photo. Derrière la photo, il y a écrit, de je ne sais quelle écriture, « 1943 ». À l'arrière-plan, on voit les Alpes, des bouts de forêts, des champs, un hameau et un grand chalet blanc avec un toit très en pente, partiellement tronqué (« comble en patte d'oie », selon divers diction-naires), caractéristique des habitations de mon-tagne. Sept individus — quatre appartenant à diverses espèces animales, trois à l'espèce humaine — apparaissent au premier plan. Ce sont, de droite à gauche (sur la photo) : *a*) une chèvre noire avec quelques taches blanches, partiellement coupée par le bord droit de la photo ; elle a une très longue barbiche ; elle est vraisemblablement attachée à un piquet et ne semble pas s'apercevoir qu'on est en train de la photographier ; *b*) ma tante ; elle porte un pantalon de laine grise, à tout petits revers, aux plis nettement marqués, un corsage (ou une chemise) clair, à manches courtes ou relevées, une veste de laine angora posée sur ses épaules et retenue avec le seul bouton supérieur. Elle ne semble pas porter de bijoux. Elle est coiffée avec une raie au milieu, les cheveux étant tirés et ramenés en arrière. Elle sourit d'une façon un peu mélancolique ; elle tient dans ses bras *c*) un chevreau blanc à tête noire qui ne semble pas autrement enchanté et qui regarde vers la droite, en direction de la chèvre qui est sans doute sa mère ; *d*) moi-même ; de la main gauche, je tiens l'une des jambes du chevreau ; de la main droite, je tiens, comme si je voulais en présenter l'intérieur à la personne qui est train de nous photographier, un grand chapeau blanc, en paille ou en toile, qui appartient vraisemblablement à ma tante ; je porte des culottes courtes de drap sombre, une chemise à carreaux type « cowboy », à manches courtes (sans doute l'une de celles dont j'aurai l'occasion de reparler), et un chandail sans manches. Mes chaussettes me tombent sur les pieds ; j'ai le ventre un peu ballonné. Mes cheveux sont coupés très court, mais des mèches irrégulières me tombent sur le front. Mes oreilles sont grandes et largement décollées ; je penche légèrement la tête en avant et, avec un air un peu buté, je regarde l'objectif par en dessous. Assez nettement à gauche et en arrière du groupe formé par ma tante, le chevreau et moi-même se trouvent *e)* une poule blanche, à demi masquée par *f)* une paysanne d'une soixantaine d'années, vêtue d'une longue robe noire et coiffée d'un grand chapeau de paille qui lui cache presque complètement le visage ; elle a une main sur les hanches ; à côté d'elle, *g)* un cheval à la robe plutôt foncée, harnaché, muni d'œillères, coupé à mi-corps par le bord gauche de la photographie. Tout en bas de la photo, à droite, on entrevoit un sac en faux ou mauvais cuir, à grandes anses, qui est peut-être celui de ma tante.

Une autre fois, il me semble qu'avec plein d'autres enfants, nous étions en train de faire les foins, quand quelqu'un vint en courant m'avertir que ma tante était là. Je courus vers une silhouette vêtue de sombre qui, venant du collège, se dirigeait vers nous à travers champs. Je m'arrêtai pile à quelques mètres d'elle : je ne connaissais pas la dame qui était en face de moi et qui me disait bonjour en souriant. C'était ma tante Berthe ; plus tard, je suis allé vivre presque un an chez elle ; elle m'a peut-être alors rappelé cette visite, ou bien c'est un événement entièrement inventé, et pourtant je garde avec une netteté absolue le souvenir, non de la scène entière, mais du sentiment d'incrédulité, d'hostilité et de méfiance que je ressentis alors : il reste, aujourd'hui encore, assez difficilement exprimable, comme s'il était le dévoilement d'une « vérité » élémentaire (désormais, il ne viendra à toi que des étrangères ; tu les chercheras et tu les repousseras sans cesse ; elles ne t'appartiendront pas, tu ne leur appartiendras pas, car tu ne sauras que les tenir à part...) dont je ne crois pas avoir fini de suivre les méandres.

*

Faire les foins, ça consistait surtout à en empiler quelques fourchées et ensuite à faire des glissades ou des galipettes tant que la meule n'était pas trop haute. On nous racontait un accident qui était arrivé à une petite fille : en sautant du haut d'une meule, elle était tombée sur une fourche dissimulée au milieu du foin et l'une des branches lui avait complètement transpercé la cuisse.

Une autre fois, nous sommes allés cueillir des myrtilles. Je garde l'image bucolique d'une foule d'enfants accroupis sur toute l'étendue d'une colline. On se servait d'un instrument appelé « peigne », sorte de toute petite hotte en bois dont le bord inférieur était garni de dents et qui ramenait à chaque passage des baies à moitié écrasées, espèce de bouillie noirâtre dont on ne tardait pas à être complètement barbouillés.

Pendant tout l'hiver, et même au-delà, on faisait du ski. Durant toutes les années qui suivirent, et jusqu'au milieu des années cinquante où je cessai complètement d'aller « aux sports d'hiver », j'ai ainsi été très à l'aise sur des skis, dévalant, sans souci de style ni de leçons mais avec une insouciance allègre, n'importe quelle piste de difficulté moyenne et pouvant même, à l'occasion, aborder les plus périlleuses. Je me souviens même d'avoir commencé à apprendre à sauter sur de tout petits tremplins de neige battue.

La pratique du ski constitua pour moi l'occasion d'un apprentissage approfondi, dont l'essentiel se fit pendant ces deux années passées au collège Turenne et qui est la source d'un savoir aujourd'hui caduc, mais dont tous les détails restent d'une fraîcheur remarquable. C'est ainsi que je sais que les plus beaux skis sont en hickory, bois canadien dont j'ai toujours cru que c'était une des matières les plus rares du monde (mais la rareté de l'hickory était une des preuves de son existence, alors qu'il y avait des choses qui étaient tout simplement absentes et dont on se demandait comment elles pouvaient exister, par exemple les oranges (mon premier est un métal précieux, mon second est un habitant des cieux, mon tout est un fruit délicieux...) dont j'aurai l'occasion de reparler, ou bien les chocolats fourrés, ou bien, plus encore, le papier d'argent, en papillotes ou en barquettes plissées, enveloppant ces chocolats...). De la même façon, je sais que la taille idéale des skis s'évalue de la manière suivante : il faut se tenir debout, bras et mains tendus dans le prolongement du corps, et le sommet de la spatule du ski tenu verticalement doit venir s'appliquer au milieu de votre paume. Pour la hauteur idéale des bâtons, les prendre en main en se tenant, bras repliés, les coudes au corps, et la pointe des bâtons doit effleurer le sol. Je pourrais multiplier les exemples, qu'il s'agisse du damage des pistes (la colonie d'enfants se mettant en ligne, les skis perpendiculaires à l'axe de la pente et remontant en sautillant), de fartage (diverses qualités de fart, identifiées par la couleur de leur emballage de carton : bleu pour la poudreuse, vert pour la normale, rouge pour le schuss, blanc pour le fond, etc. ; chauffer le fart avant de l'appliquer ; passer en sous-couche un bâton translucide de paraffine ; gratter les farts trop vieux, ne pas encrasser la ligne médiane des skis, éviter de farter les carres, mais au contraire les aiguiser, etc.), d'escalades des pentes (à une époque où les « remontées mécaniques » étaient exceptionnelles : remontées perpendiculaires à la pente (en damant), remontées en zigzag, remontées dans l'axe de la pente, ou bien skis droits (avec des peaux de phoques) ou bien skis écartés en V, le corps prenant appui en arrière sur les bâtons, etc.), d'équipement (importance des chaussures ; les graisser ; à défaut, les frotter avec du papier journal roulé en boule ; fuseaux et anoraks, moufles, passe-montagne ou serre-tête, lunettes, etc.), enfin et surtout de systèmes de fixation : mes skis s'attachaient près des chevilles ; c'était dur à fermer (on faisait levier avec le bout ferré du bâton), ça tenait à peine le pied et ça s'ouvrait pour un oui ou pour un non ; je rêvais des attaches rostrales qui se ferment bien en avant de la chaussure et dont le filin métallique épousant la dépression ménagée dans le talon affecte une forme de fer de lance, ou plus encore, tout au sommet de la hiérarchie, réservé aux quasi-professionnels (et ma surprise fut extrême le jour où je vis ma cousine Ela en faire usage), de ce système extraordinairement complexe de laçage, utilisant une lanière unique mais démesurément longue, passée et repassée autour de la chaussure un nombre incalculable de fois selon un protocole apparemment immuable dont le déroulement me faisait l'effet d'une cérémonie capitale (aussi capitale, aussi décisive que put m'apparaître, plus tard, le laçage de la ceinture dans *Les Arènes sanglantes*, de Blasco Ibañez, ou la métamorphose vestimentaire du cardinal Barberini en Urbain VIII dans le *Galilée* du Berliner Ensemble) et qui assurait au skieur l'indissoluble union de ses skis et de ses chaussures, multipliant autant les risques de fracture grave que les chances de performances exceptionnelles...

Nous rangions nos skis dans un couloir bétonné, long et étroit, garni de râteliers de bois (je l'ai revu, inchangé, en 1970). Un jour, un de mes skis m'échappa des mains et vint frôler le visage du garçon qui était en train de ranger ses skis à côté de moi et qui, ivre de fureur, prit un de ses bâtons de ski et m'en porta un coup au visage, pointe en avant, m'ouvrant la lèvre supérieure. Je suppose qu'il me cassa aussi une ou deux dents (ce n'étaient encore que des dents de lait, mais ça n'arrangea pas la croissance des autres). La cicatrice qui résulta de cette agression est encore aujourd'hui parfaitement marquée. Pour des raisons mal élucidées, cette cicatrice semble avoir eu pour moi une importance capitale : elle est devenue une marque personnelle, un signe distinctif (elle n'est pourtant pas considérée comme un « signe particulier » sur ma carte d'identité, mais seulement sur mon livret militaire, et je crois bien que c'est parce que j'avais moi-même pris soin de le signaler) : ce n'est peut-être pas à cause de cette cicatrice que je porte la barbe, mais c'est vraisemblablement pour ne pas la dissimuler que je ne porte pas de moustaches (au contraire d'un de mes plus anciens camarades de classe — que j'ai perdu de vue depuis bientôt vingt ans — qui, affligé, c'est le cas de le dire, d'un signe labial qu'il jugeait trop caractéristique, en l'occurrence, me semble-t-il, non pas une cicatrice mais plutôt une verrue, s'est très tôt laissé pousser une moustache pour le cacher) ; c'est cette cicatrice aussi qui me fit préférer à tous les tableaux rassemblés au Louvre, et plus précisément dans la salle dite « des sept mètres », le *Portrait d'un homme, dit Le Condottiere* d'Antonello de Messine, qui devint la figure centrale du premier roman à peu près abouti que je parvins à écrire : il s'appela d'abord « Gaspard pas mort », puis « Le Condottiere » ; dans la version finale, le héros, Gaspard Winckler, est un faussaire de génie qui ne parvient pas à fabriquer un Antonello de Messine et qui est amené, à la suite de cet échec, à assassiner son commanditaire. Le Condottiere et sa cicatrice jouèrent également un rôle prépondérant dans *Un homme qui dort* (par exemple, p. 105 : « ... le portrait incroyablement énergique d'un homme de la Renaissance, avec une toute petite cicatrice au-dessus de la lèvre supérieure, à gauche, c'est-à-dire à gauche pour lui, à droite pour toi... ») et jusque dans le film que j'en ai tiré avec Bernard Queysanne en 1973 et dont l'unique acteur, Jacques Spiesser, porte à la lèvre supérieure une cicatrice presque exactement identique à la mienne : c'était un simple hasard, mais il fut, pour moi, secrètement déterminant.

XXII

Les lois du Sport sont des lois dures et la vie W les aggrave encore. Aux privilèges accordés, dans tous les domaines, aux vainqueurs s'opposent, presque avec excès, les vexations, les humiliations, les brimades imposées aux vaincus ; elles vont parfois jusqu'aux sévices, telle cette coutume, en principe interdite mais sur laquelle l'Administration ferme les yeux, car le public des stades y est très attaché, qui consiste à faire accomplir au dernier d'une série un tour de piste au pas de course avec ses chaus-sures mises à l'envers, exercice qui semble bénin au premier abord, mais qui est en fait extrêmement douloureux et dont les conséquences (meurtrissures des orteils, ampoules, exulcérations du cou-de-pied, du talon, de la plante) interdisent pratiquement à sa victime d'espérer obtenir un classement honorable dans les compétitions des jours suivants.

Plus les vainqueurs sont fêtés, plus les vaincus sont punis, comme si le bonheur des uns était l'exact envers du malheur des autres. Dans les courses de routine — championnats de classement, championnats locaux — les fêtes sont maigres et les châtiments presque inoffensifs : quelques lazzi,

quelques huées, quelques brimades sans impor-
tance à la limite des gages *imposés aux perdants*
dans les jeux de société. Mais plus les compétitions
deviennent importantes, plus l'enjeu prend de poids,
pour les uns comme pour les autres : le triomphe
réservé au vainqueur d'une Olympiade, et plus par-
ticulièrement à celui qui aura gagné la course des
courses, c'est-à-dire le 100 m, aura peut-être comme
conséquence la mort de celui qui sera arrivé le der-
nier. C'est une conséquence à la fois imprévisible et
inéluctable. Si les Dieux sont pour lui, si nul dans le
Stade ne tend vers lui son poing au pouce baissé, il
aura sans doute la vie sauve et subira seulement les
châtiments réservés aux autres vaincus ; comme
eux, il devra se mettre nu et courir entre deux haies
de Juges armés de verges et de cravaches ; comme
eux, il sera exposé au pilori, puis promené dans les
villages un lourd carcan de bois clouté au cou. Mais
si un seul spectateur se lève et le désigne, appelant
sur lui la punition réservée aux lâches, alors il sera
mis à mort ; la foule tout entière le lapidera et son
cadavre dépecé sera exposé pendant trois jours dans
les villages, accroché aux crocs de boucher qui
pendent aux portiques principaux, sous les cinq
anneaux entrelacés, sous la fière devise de W —
FORTIUS ALTIUS CITIUS *— avant d'être jeté aux*
chiens.

    De telles morts sont rares. Leur multiplication en
rendrait l'effet presque nul. Elles sont traditionnelles
pour le 100 m des Olympiades, exceptionnelles pour
toutes les autres disciplines et pour toutes les autres
compétitions. Il peut arriver, certes, que le public
des stades, ayant mis tous ses espoirs dans un Ath-
lète, soit particulièrement déçu par la médiocrité de

*sa performance et en vienne à l'assaillir, générale-
ment en le bombardant à coups de cailloux ou de
projectiles divers, fragments de mâchefer, débris
d'acier, culs de bouteilles, dont certains peuvent se
révéler particulièrement dangereux. Mais, la plupart
du temps, les Organisateurs s'opposent à de telles
voies de fait et interviennent pour protéger la vie des
Athlètes menacés.*

*Mais l'inégalité des traitements réservés aux vain-
queurs et aux vaincus n'est pas, loin de là, le seul
exemple d'une injustice systématique dans la vie W.
Ce qui fait toute l'originalité de W, ce qui donne aux
compétitions ce piment unique qui fait qu'elles ne
ressemblent à aucune autre, c'est que, précisément,
l'impartialité des résultats proclamés, dont les
Juges, les Arbitres et les Chronométreurs sont, dans
l'ordre respectif de leurs responsabilités, les impla-
cables garants, y est fondée sur une injustice organi-
sée, fondamentale, élémentaire, qui, dès le départ,
instaure parmi les participants d'une course ou
d'un concours une discrimination qui sera le plus
souvent décisive.*

*Cette discrimination institutionnelle est l'expres-
sion d'une politique consciente et rigoureuse. Si
l'impression dominante que l'on retire du spectacle
d'une course est celle d'une totale injustice, c'est que
les Officiels ne sont pas opposés à l'injustice. Au
contraire, ils pensent qu'elle est le ferment le plus
efficace de la lutte et qu'un Athlète ulcéré, révolté
par l'arbitraire des décisions, par l'iniquité des arbi-
trages, par les abus de pouvoir, les empiétements, le
favoritisme presque exagéré dont font preuve à tout*

instant les Juges, sera cent fois plus combatif qu'un Athlète persuadé qu'il a mérité sa défaite.

Il faut que même le meilleur ne soit pas sûr de gagner ; il faut que même le plus faible ne soit pas sûr de perdre. Il faut que tous deux risquent autant, attendent avec le même espoir insensé la victoire, avec la même terreur indicible la défaite.

La mise en pratique de cette politique audacieuse a abouti à toute une série de mesures discriminatoires que l'on peut, grossièrement, classer en deux groupes principaux : les premières, que l'on pourrait appeler officielles, sont annoncées au début des réunions ; elles consistent généralement en des handicaps, positifs ou négatifs, qui sont imposés, soit à des Athlètes, soit à des équipes, soit même, parfois, à tout un village. Ainsi, par exemple, lors d'une rencontre W contre Nord-Ouest W (c'est-à-dire une rencontre de sélection) l'équipe du 400 m W (Hogarth, Moreau et Perkins) peut avoir à courir 420 m, alors que l'équipe Nord-Ouest W (Friedrich, Russell, DeSouza) n'en aura que 380. Ou bien, dans les Spartakiades, par exemple, tous les concurrents d'Ouest W seront pénalisés de cinq points. Ou bien encore, le 3e lanceur de poids de Nord W (Shanzer) aura droit à un essai supplémentaire.

Les secondes mesures sont imprévisibles ; elles sont laissées à la fantaisie des Organisateurs, et particulièrement des Directeurs de courses. Le public peut également, mais dans une bien moindre mesure, y participer. L'idée générale est d'introduire dans une course ou dans un concours des éléments perturbateurs qui tantôt minimiseront les effets des handicaps de départ et tantôt les accentueront. C'est dans cet esprit que les haies des courses d'obstacles sont parfois légèrement déplacées pour un des concurrents, ce qui lui interdit de les franchir dans la foulée et l'oblige à un piétinement qui se révèle souvent désastreux pour sa performance. Ou bien, au plus fort d'une course, un Arbitre fallacieux peut parfois crier STOP : les concurrents doivent alors s'immobiliser, se figer en plein élan dans une posture généralement insupportable, et c'est celui qui tiendra le plus longtemps qui sera probablement proclamé vainqueur.

XXIII

Un jeudi après-midi du printemps ou de l'été 1944, nous allâmes en promenade dans la forêt, emportant nos goûters, ou plutôt, sans doute, ce que l'on nous avait dit être nos goûters, dans des musettes. Nous arrivâmes dans une clairière, où nous attendait un groupe de maquisards. Nous leur donnâmes nos musettes. Je me souviens que je fus très fier de comprendre que cette rencontre n'était pas du tout le fait du hasard et que la promenade habituelle du jeudi n'avait été cette fois que le prétexte choisi pour aller ravitailler les Résistants. Je crois qu'ils étaient une douzaine : nous, les enfants, devions bien être trente. Pour moi, évidemment, c'étaient des adultes, mais je pense maintenant qu'ils ne devaient pas avoir beaucoup plus de vingt ans. La plupart portaient la barbe. Quelques-uns seulement avaient des armes ; l'un d'eux en particulier portait des grenades qui pendaient à ses bretelles et c'est ce détail qui me frappa le plus. Je sais aujourd'hui que c'étaient des grenades défensives, que l'on jette pour se protéger en se repliant et dont l'enveloppe d'acier guilloché explose en centaines de fragments meurtriers, et non des grenades offensives, que l'on lance devant soi avant d'aller à l'assaut et qui font plus de peur et de bruit que de mal. Je ne me rappelle pas si cette promenade fut exceptionnelle, ou si elle se renouvela plusieurs fois. C'est longtemps après que j'appris que les directrices du collège « étaient dans la Résistance ».

Je garde le souvenir beaucoup plus net d'une autre promenade, un après-midi, quelques jours avant la Noël, très certainement en 1943. Nous étions beaucoup moins nombreux, peut-être seulement une demi-douzaine, et il me semble que j'étais le seul enfant (au retour, j'étais fatigué, et le professeur de gymnastique me porta sur ses épaules). Nous allâmes dans la forêt chercher notre arbre de Noël. C'est à cette occasion que j'appris que les pins et les sapins étaient des arbres tout à fait différents, que ce que j'appelais sapin était en réalité un pin, que les vrais arbres de Noël étaient des sapins, mais qu'il n'y avait pas de sapins à Villard-de-Lans, ni même dans tout le Dauphiné. Le sapin était un arbre beaucoup plus haut, beaucoup plus droit et beaucoup plus noir que le pin ; il fallait aller dans les Vosges pour en voir. C'est donc un pin que nous abattîmes, ou plus précisément le sommet d'un pin dont la base était entièrement dénudée. Je crois qu'il y avait dans notre groupe, outre le professeur de gymnastique, le cuisinier et le concierge du collège qui était une sorte d'homme à tout faire ; c'est sans doute lui qui fit office de bûcheron : il ajusta à ses chaussures de montagne de gigantesques crampons en arc de cercle et il grimpa jusqu'au sommet de l'arbre en l'enserrant au moyen d'une sangle de cuir passée dans ses poignets (beaucoup plus tard, vers douze ou treize ans, j'ai revu une manœuvre presque identique, mais c'était cette fois celle d'un poseur de lignes qui se hissait au sommet d'un pylône téléphonique).

Dans l'après-midi qui précédait Noël, nous installâmes l'arbre dans le grand hall carrelé du collège. Nous le décorâmes et nous cachâmes le bâti de bois qui le maintenait dressé avec de la mousse et une sorte de papier brun qui imitait la rocaille et dont on se servait aussi pour faire le fond de la crèche. Je me souviens de ces trésors qu'étaient les étoiles, les guirlandes, les bougies et les boules (le reste de l'année, ils dormaient dans le grenier du collège), mais les boules de cette époque n'étaient pas comme aujourd'hui des bulles de verre très minces recouvertes d'un tain argenté très brillant, mais des boules faites d'une sorte de papier mâché, peintes de couleurs plutôt ternes.

Le soir, peut-être après la messe de minuit, en tout cas, dans mon esprit, très tard, on fit une blague au professeur de gymnastique qui, comme chacun de nous, avait mis ses souliers autour de l'arbre (une grosse paire de chaussures de ski qui ne pouvait être que le réceptacle d'un cadeau mirifique), en mettant dans une de ces chaussures un paquet gigantesque qui n'était fait que d'emballages superposés renfermant, comme ultime et seul présent, une carotte.

J'allai me coucher. J'étais seul dans mon dortoir. Vers le milieu de la nuit, je me réveillai. Je ne crois pas que la question qui me tenaillait concernait directement le Père Noël, mais j'étais impatient de savoir si j'avais effectivement reçu un cadeau.

Je sortis de mon lit, j'ouvris silencieusement la porte et, pieds nus, je suivis le corridor conduisant à la galerie qui surplombait sur tout son pourtour le hall. Je m'appuyai contre la balustrade (elle était presque aussi haute que moi : en 1970, lorsque je suis allé revoir le collège, j'ai voulu refaire le même geste et j'ai été stupéfait de voir que la balustrade m'arrivait seulement à mi-corps...). Je crois que la scène tout entière s'est fixée, s'est figée dans mon esprit : image pétrifiée, immuable, dont je garde le souvenir physique, jusqu'à la sensation de mes mains agrippant les barreaux, jusqu'à l'impression du métal froid contre mon front quand il se posa sur la barre d'appui de la balustrade. J'ai regardé en bas : il n'y avait pas beaucoup de lumière mais au bout d'un instant je suis arrivé à voir le grand arbre décoré, l'amoncellement des chaussures tout autour et, débordant d'une des miennes, une grande boîte rectangulaire.

C'était un cadeau que m'envoyait ma tante Esther : deux chemises à carreaux, genre cow-boy. Elles piquaient. Je ne les aimais pas.

XXIV

Celui qui commence à se familiariser avec la vie
W, un novice par exemple qui, venant des Maisons
de Jeunes, arrive vers quatorze ans dans un des
quatre villages, comprendra assez vite que l'une des
caractéristiques, et peut-être la principale, du
monde qui est désormais le sien est que la rigueur
des institutions n'y a d'égale que l'ampleur des
transgressions dont elles sont l'objet. Cette décou-
verte, qui constituera pour le néophyte un des élé-
ments déterminants de sa sauvegarde personnelle,
se vérifiera constamment, à tous les niveaux, à tous
les instants. La Loi est implacable, mais la Loi est
imprévisible. Nul n'est censé l'ignorer, mais nul ne
peut la connaître. Entre ceux qui la subissent et
ceux qui l'édictent se dresse une barrière infran-
chissable. L'Athlète doit savoir que rien n'est sûr ; il
doit s'attendre à tout, au meilleur et au pire ; les
décisions qui le concernent, qu'elles soient futiles
ou vitales, sont prises en dehors de lui ; il n'a aucun
contrôle sur elles. Il peut croire que, sportif, sa fonc-
tion est de gagner, car c'est la Victoire que l'on fête
et c'est la défaite que l'on punit ; mais il peut arriver
dernier et être proclamé Vainqueur : ce jour-là, à

l'occasion de cette course-là, quelqu'un, quelque part, aura décidé que l'on courrait à qui perd gagne.

Les Athlètes auraient pourtant tort de se livrer à des spéculations sur les décisions qui sont prises à leur égard. Dans la majorité des courses et des concours, ce sont effectivement les premiers, les meilleurs, qui gagnent et il se vérifie presque toujours que l'on a intérêt à gagner. Les transgressions sont là pour rappeler aux Athlètes que la Victoire est une grâce, et non un droit : la certitude n'est pas une vertu sportive ; il ne suffit pas d'être le meilleur pour gagner, ce serait trop simple. Il faut savoir que le hasard fait aussi partie de la règle. Am Stram Gram ou Pimpanicaille, ou n'importe quelle autre comptine, décideront parfois du résultat d'une épreuve. Il est plus important d'avoir de la chance que du mérite.

Le souci de « donner à chacun sa chance » peut paraître paradoxal dans un monde où la plupart des manifestations sont fondées sur un système d'éliminatoires (les championnats de classement) qui interdit dans presque tous les cas à quatre Athlètes sur cinq de prendre part aux principales épreuves. Il est pourtant évident et c'est à ce souci que l'on doit deux des institutions les plus caractéristiques de la vie sportive W : les Spartakiades et le Système des Défis.

Les Spartakiades sont, on le sait, des jeux ouverts aux Athlètes « sans nom », à ceux qui ne sont pas classés dans leur village et qui, par conséquent, ne participent ni aux championnats locaux ou aux épreuves de sélection, ni aux Olympiades, ni aux Atlantiades. Il y en a quatre par an, une par tri-

mestre. Ce sont des épreuves très disputées et d'un haut niveau compétitif, bien qu'opposant entre eux les plus mauvais éléments des équipes, ceux qui, dans l'argot du public, s'appellent « la piétaille », « l'Écurie » ou « les crouilles ». En effet, ces épreuves sont pour ces Athlètes la seule chance d'obtenir un nom et de disposer de quelques-uns des avantages (droit aux douches, laissez-passer dans les Stades, bons d'équipement, etc.) réservés aux Athlètes nommés. Par ailleurs, les Spartakiades rassemblent 1 056 Athlètes, alors qu'il n'y en a que 264 pour les Olympiades, et l'ampleur de la participation garantit souvent une combativité exceptionnelle qui, des éliminatoires aux finales, donne aux courses et aux concours une vigueur peu ordinaire et à toute la rencontre une ambiance passablement survoltée ; les récompenses sont d'ailleurs souvent à la hauteur de ce climat et la Victoire de ces sansgrade est fêtée avec une chaleur et un enthousiasme que les Vainqueurs des Olympiades ne connaissent pas toujours. Les Vainqueurs des Spartakiades, pendant tout le trimestre qui suit leur triomphe, jouiront pleinement de leur nom et des prérogatives qui y sont attachées ; ils auront droit, en particulier, à un handicap favorable dans les championnats de classement et il est presque de règle qu'un Vainqueur de Spartakiade (un Newman, un Taylor ou un Lömö pour le 200 m, par exemple) gagne aussi dans le championnat de classement qui suit, et soit dès lors admis à part entière dans toutes les autres rencontres.

Les Athlètes classés n'ont évidemment que mépris pour les Spartakiades et pour leurs vainqueurs. L'idée est venue assez vite aux officiels d'utiliser ce mépris et d'en faire le moteur d'une manifestation originale ; de là est né le Système des Défis. *Le principe du Défi est simple : un Athlète classé et qui, par conséquent, n'a pas participé à la Spartakiade s'approche du Vainqueur dans la minute qui suit sa victoire et le défie de recommencer son exploit. On dit, en argot de stade, qu'il le « coinche » ou encore qu'il le « contre ». Le spartakiste n'a pas le droit de se dérober ; tout au plus peut-il espérer triompher de son adversaire grâce au handicap, parfois considérable, que les Juges lui laisseront et qui sera déterminé par les Directeurs de course en fonction non pas tant de l'état de fatigue du Vainqueur que de la qualité du « coincheur » ; en principe, plus le coincheur est célèbre (plus il a de noms), plus le handicap qu'il concède est lourd. Ainsi, si le Jones de Humphrey d'Arlington von Kramer-Casanova (on reconnaît sous ces noms le second sprinter de 100 m de Nord-Ouest W, Vainqueur olympique, etc.) défie Smolett Jr (Vainqueur du 100 m aux Spartakiades), Smolett Jr partira avec trente mètres d'avance, ce qui, sur une aussi faible distance, constituera vraisemblablement un avantage décisif. Si le Jones parvient quand même à triompher, il bénéficiera immédiatement de la Victoire de l'autre et s'emparera, non seulement de son nom (Smolett Jr), mais de ceux du second (Anthony) et du troisième (Gunther) de la course, ce qui, en principe, lui assurera des avantages considérables. S'il perd, par contre, c'est son titre le plus prestigieux qu'il perdra, celui du Jones, celui de Vainqueur olympique, et que portera désormais, avec toutes les prérogatives afférentes, le Smolett Jr (devenu le Jones de Smolett Jr) qu'il aura imprudemment défié.*

Le système des Défis est, par excellence, une arme à double tranchant. Car, de même que le spartakiste ne peut refuser le défi, aucun Athlète classé ne peut refuser de le lui lancer, pour peu que la foule ou qu'un Officiel lui en fasse la demande. L'humeur des Officiels, en fixant le handicap que le défiant concède au défié, déterminera à elle seule le résultat de l'épreuve : ou bien elle privera le spartakiste de la seule Victoire qu'il pouvait espérer remporter, ou bien elle détrônera en un instant un Athlète que ses Victoires auraient pu rendre impudent. Ce n'est pas tellement que les Officiels soient opposés à l'impudence ; au contraire, ils l'encouragent souvent, ils s'en amusent. Ils aiment que leurs Vainqueurs soient les Dieux du Stade, mais il ne leur déplaît pas non plus, précipitant d'un coup dans l'Enfer des innommables ceux qui croyaient, un instant plus tôt, qu'ils en étaient sortis à jamais, de rappeler à tous que le Sport est une école de modestie.

XXV

Plusieurs fois, comme en cette nuit de Noël, j'ai été seul, ou du moins le seul enfant, dans le collège. Je l'explorais en tous sens. Une fois, au cours d'un après-midi d'été, j'ouvris une porte qui conduisait au grenier : c'était un long corridor en soupente, recevant le jour par de minces lucarnes et rempli de valises et de malles. Dans une de ces malles, peut-être à côté de ces décors d'arbre de Noël dont j'ai déjà parlé, je découvris des rouleaux de pellicule, des films, sans doute éducatifs, ou destinés au catéchisme, que je déroulai pour les regarder par transparence. La plupart étaient sans intérêt pour moi et je les remis en place le plus soigneusement possible. L'un d'eux montrait le désert, avec des palmiers, des oasis, des chameaux ; celui-là, j'en gardai un grand morceau, que je ne me lassai pas de regarder.

À la rentrée, j'inventai un assez curieux stratagème : j'annonçai à tous mes camarades que, dès l'année prochaine, j'allais aller en Palestine et je montrais le morceau de film comme s'il avait été la preuve que je ne mentais pas ; cette opération n'était pas purement désintéressée ; elle visait a me faire obtenir des portions des goûters que mes camarades mangeaient à quatre heures : une fois établi le fait que j'allais aller en Palestine, je promettais à tel ou tel de mes camarades de lui envoyer un kilo, ou dix kilos, ou cent kilos, ou une caisse, d'oranges, ce fruit magique dont nous n'avions qu'une connaissance livresque ; s'il me donnait la moitié de son goûter, il recevrait dès l'année suivante toute une cargaison d'oranges et, comme garantie pour ce marché à terme, je lui céderais dès à présent un petit bout de mon morceau de film. Un seul enfant se laissa convaincre : il me donna la moitié de son goûter et tout de suite après courut me dénoncer à la directrice. J'avais volé et j'avais menti. Je fus sévèrement puni, mais je ne me rappelle plus en quoi consista la punition.

Ce souvenir brumeux pose des questions fumeuses que je n'ai jamais réussi à élucider. Comment se fait-il que, pendant cette période, qui correspondait peut-être aux grandes vacances, et lors de la nuit de Noël, j'aie pu être le seul enfant dans un collège qui était alors pratiquement plein, non d'enfants maladifs, comme c'était sa vocation première, mais d'enfants réfugiés ? Où donc allaient-ils en vacances et qui leur donnait ces goûters de quatre heures dont j'étais, inexplicablement, le seul à être privé ? Et surtout, comment pouvais-je savoir que je devais aller en Palestine ? C'était un projet réel que ma tante Esther et ma grand-mère avaient formé, persuadées sans doute que ma mère ne reviendrait jamais. Ma grand-mère tenait beaucoup à ce que « l'enfant » (c'est ainsi, comme je l'ai appris beaucoup plus tard, qu'Esther et elle m'appelaient) vienne avec elle en Palestine, à Haïfa, chez son fils Léon. Mais Léon et sa femme (qui s'appelait également Esther) avaient déjà trois enfants et ils hésitèrent tellement à en adopter un quatrième que ma grand-mère, Rose, finit par partir seule, bien après la fin de la guerre, en 1946.

En 1943-1944, ma grand-mère avait un logement à Villard. Un peu plus tard, elle alla vivre dans un home d'enfants à Lans et m'y emmena. Je ne me souviens pas de l'avoir vue une seule fois pendant toute la durée de mon séjour au collège Turenne (cela ne veut pas dire qu'elle n'est pas venue ; cela veut dire que je ne m'en souviens pas). L'explication la plus logique serait que j'aie déplacé d'un an ou de six mois toute cette scène, qui aurait eu lieu à Lans. Mais le décor et les détails de ce souvenir, ce grenier, cette cour où s'opérèrent mes désastreuses transactions, cette catastrophe matérialisée par l'irruption de cette directrice, sont pour moi spécifiques du collège et s'opposent formellement à la petite pension de Lans, où prend place un autre souvenir, aussi fort, aussi pénible, sinon plus, mais fondamentalement différent.

XXVI

La conception des enfants est, sur W, l'occasion d'une grande fête que l'on appelle l'Atlantiade.

Les femmes W sont tenues dans des gynécées et soumises à une garde des plus vigilantes, non par crainte qu'elles ne s'échappent — leur docilité est exemplaire, et elles ont du monde extérieur une vision plutôt effrayée — mais pour les protéger des hommes : de nombreux Athlètes, en effet, généralement parmi ceux que les Lois impitoyables du Sport W ont écartés des Atlantiades, tentent presque quotidiennement, en dépit des sanctions sévères qui punissent ce genre d'agissements, de s'introduire par effraction dans le département des femmes et d'atteindre les dortoirs. L'optique particulière qui régit la société W trouve d'ailleurs ici aussi une application originale : la rigueur du châtiment infligé à l'Athlète est en effet directement proportionnelle à la distance qui le sépare des femmes au moment de son arrestation : s'il est surpris aux abords de la ceinture électrifiée qui entoure le gynécée, il risque d'être passé par les armes séance tenante ; s'il réussit à franchir la zone des patrouilles, il peut s'en tirer avec quelques semaines de cachot ; s'il parvient à passer le mur d'enceinte, il ne se verra infliger qu'une simple bastonnade, et s'il a la chance d'arriver aux dortoirs — la chose ne s'est jamais vue, mais elle n'est pas théoriquement impossible — il sera félicité publiquement sur le Stade central et recevra le titre de Casanova d'honneur, ce qui lui permettra de participer officiellement à la prochaine Atlantiade.

Le nombre des femmes est assez restreint. Il excède rarement le demi-millier. La coutume veut en effet que l'on laisse vivre la totalité des enfants mâles (sauf s'ils présentent à la naissance quelque malformation les rendant inaptes à la compétition, étant entendu qu'aux pentathlon et décathlon une infirmité physique mineure est souvent considérée davantage comme un atout que comme un handicap), mais que l'on ne garde qu'une fille sur cinq.

Jusque vers treize ou quatorze ans, les filles partagent la vie des garçons dans les Maisons de Jeunes. Puis les garçons sont envoyés dans les villages, où ils deviennent novices et plus tard Athlètes, et les filles gagnent le gynécée. Elles s'y livrent à longueur de journée à des activités d'utilité publique : tissage des maillots, des survêtements et des étendards, fabrication des souliers, confection des costumes de cérémonie, tâches alimentaires et ménagères diverses, à moins, évidemment, qu'elles ne soient sur le point d'accoucher ou qu'elles ne s'occupent, pendant quelques mois, des poupons en bas âge. Elles ne sortent jamais du gynécée, sauf pour les Atlantiades.

Les Atlantiades ont lieu à peu près tous les mois. On amène alors sur le Stade central les femmes présumées fécondables, on les dépouille de leurs vêtements et on les lâche sur la piste où elles se mettent à courir du plus vite qu'elles peuvent. On leur laisse prendre un demi-tour d'avance, puis on lance à leur poursuite les meilleurs Athlètes W, c'est-à-dire les deux meilleurs de chaque discipline dans chaque village, soit, en tout, puisqu'il y a vingt-deux disciplines et quatre villages, cent soixante-seize hommes. Un tour de piste suffit généralement aux coureurs pour rattraper les femmes, et c'est le plus souvent en face des tribunes d'honneur, soit sur la cendrée, soit sur la pelouse, qu'elles sont violées.

Ce protocole particulier qui fait que les Atlantiades ne ressemblent à aucune autre compétition W a, on le devine, plusieurs conséquences remarquables. En premier lieu, il prive complètement les non-classés (même s'ils ont triomphé dans les dernières Spartakiades) et les troisièmes des championnats de classement (par exemple, Perkins aux 400 m W, Shanzer au poids Nord-W, Amstel aux 100 m Nord-Ouest-W, etc.) de toute chance d'obtenir une femme tant qu'ils resteront troisièmes ou, a fortiori, non classés (et cela, même si ce 3e est, par ailleurs, 1er ou 2e dans un championnat local, une épreuve de sélection ou même une compétition olympique). En second lieu, le nombre de femmes étant toujours inférieur à 176 (il dépasse en fait rarement la cinquantaine), la plupart des Athlètes autorisés à courir l'Atlantiade, souvent les deux tiers, parfois plus, n'obtiendront absolument rien. Il est enfin évident que, vu la nature même de la compétition et le demi-tour d'avance concédé aux femmes, ce sont les coureurs de demi-fond ou, à la limite, les sprinters de 400 m qui sont les plus favorisés. Les sprinters de

100 m et de 200 m s'asphyxient souvent avant d'arriver au but, les coureurs de fond ou de marathon ont du mal à s'imposer sur une distance qui excède rarement un tour de Stade, c'est-à-dire cinq cent cinquante mètres. Quant aux non-coureurs, si les sauteurs ont parfois une maigre chance, les lanceurs et les lutteurs sont pratiquement éliminés d'avance.

Pour compenser ces différences et établir un tant soit peu l'équilibre, l'Administration des Atlantiades a progressivement assoupli les règles de la course et a admis des procédés qui seraient évidemment inacceptables dans le cadre d'une compétition normale. C'est ainsi que l'on a d'abord toléré le croche-pied, puis, d'une manière plus générale, toutes les manœuvres ayant pour but de faire perdre l'équilibre à un concurrent : poussée des épaules, coup de coude, coup de genou, poussée de la main ou des deux mains, percussion transcutanée du poplité interne entraînant une flexion réflexe de la jambe, etc. Pendant un certain temps, on a tenté d'interdire des types d'agression jugés trop violents, comme la strangulation, la morsure, l'uppercut, le coup du lapin — manchette au niveau de la troisième vertèbre cervicale —, le coup de tête au plexus solaire (ou « coup de boule »), l'énucléation, les coups de toutes sortes portés au sexe, etc. Mais ces attaques devenant de plus en plus fréquentes, il s'est révélé de plus en plus difficile de les réprimer et l'on a fini par les admettre dans les règles. Néanmoins, pour éviter que les concurrents ne dissimulent sous leurs maillots des armes (non pas des armes à feu dont l'usage est évidemment interdit aux Athlètes, mais, par exemple, ces lanières de cuir plombées qu'utilisent les pugilistes, les fers de lance des javelistes, les poids des lanceurs, ou divers instruments perforants, ciseaux, fourchettes, couteaux, qu'ils auraient pu se procurer), ce qui ferait exagérément dégénérer la compétition et la transformerait en un carnage aux conséquences imprévisibles — ce sont, après tout, les meilleurs éléments des villages, en fin de compte les meilleurs Sportifs de l'Île, qui sont admis à se présenter aux Atlantiades —, on a imposé que les adversaires soient, comme les femmes qu'ils poursuivent, entièrement nus. La seule tolérance admise — elle se justifie dans la mesure où il s'agit tout de même d'une course à pied, même si son départ en est passablement mouvementé — concerne les chaussures, dont les pointes sont aiguisées et rendues particulièrement acérées et lacérantes.

XXVII

Je ne me rappelle pas exactement à quelle époque ni dans quelles conditions je quittai le collège Turenne. Je pense que ce fut après la montée des Allemands à Villard et peu avant leur grande offensive contre le Vercors.

Quoi qu'il en soit, je me retrouvai un jour d'été sur une route, avec ma grand-mère. Elle portait une grosse valise et moi une petite. Il faisait chaud. Nous nous arrêtions souvent ; ma grand-mère s'asseyait sur sa valise et moi par terre, ou sur une borne kilométrique. Cela a duré un temps considérablement long. Je devais avoir huit ans et ma grand-mère au moins soixante-cinq et il nous a fallu tout un après-midi pour parcourir les sept kilomètres qui séparent Villard-de-Lans de Lans-en-Vercors.

Le home d'enfants où nous nous installâmes était beaucoup plus petit que le collège Turenne. Je ne me souviens ni de son nom ni de son aspect et quand je suis revenu à Lans, c'est en vain que j'ai essayé de l'identifier, ou bien n'éprouvant nulle part un sentiment de familiarité, ou bien, au contraire, décidant que c'était celui-là à propos de n'importe quel chalet, et m'efforçant d'extirper d'un détail de son architecture, de l'existence d'un toboggan, d'un auvent ou d'une barrière la matière d'un souvenir.

C'est beaucoup plus tard que j'ai appris que ma grand-mère s'était engagée dans cette pension comme cuisinière. Comme elle ne parlait pratiquement pas le français, et que son accent étranger aurait pu la faire dangereusement remarquer, il fut convenu qu'elle passerait pour muette.

Je n'ai qu'un seul souvenir de cette pension. Un jour, on trouva une petite fille enfermée dans un cagibi où l'on rangeait les balais. Elle y était restée plusieurs heures. Tout le monde affirma que c'était moi le coupable et exigea que je le reconnaisse : même si je ne l'avais pas fait par méchanceté, ou même si je l'avais fait sans savoir que c'était méchant de le faire, et à plus forte raison si je ne l'avais pas fait exprès, mais seulement par inadvertance en fermant à clé la porte sans savoir que j'étais en train d'enfermer la petite fille dans la pièce, il fallait que j'avoue : j'étais resté tout l'après-midi dans la salle de jeux (il me semble que c'était une pièce pas très grande, avec du lino par terre et trois fenêtres formant véranda) et j'étais par conséquent le seul à avoir pu enfermer la petite fille. Mais je savais très bien que je ne l'avais pas fait, ni exprès, ni pas exprès, et je refusai d'avouer. Je crois que je fus mis en quarantaine et que pendant plusieurs jours personne ne me parla.

Quelque temps plus tard — mais cet autre événement n'est pas un autre souvenir, et reste inextricablement lié au premier —, nous étions de nouveau dans cette même salle de jeux. Une abeille se posa sur ma cuisse gauche. Je me levai brusquement et elle me piqua. Ma cuisse enfla d'une façon réellement colossale (c'est à cette occasion que j'appris la différence qu'il y a entre une guêpe, foncièrement inoffensive, et une abeille, dont la piqûre peut dans certains cas être mortelle ; le bourdon ne pique pas ; mais le frelon, heureusement rare, est encore plus à craindre que l'abeille). Pour tous mes camarades, et surtout pour moi-même, cette piqûre fut la *preuve* que j'avais enfermé la petite fille : c'était le Bon Dieu qui m'avait puni.

XXVIII

Aucune manifestation sportive W, pas même l'ouverture solennelle des Olympiades, n'offre un spectacle comparable à celui des Atlantiades.

Cet attrait exceptionnel vient sans doute pour une bonne part de ce que, au contraire de toutes les autres compétitions, qui se déroulent dans un climat de rigueur et de discipline forcené, les Atlantiades sont placées sous le signe de la plus entière liberté. Elles ne font appel ni aux Juges de touche, ni aux Chronométreurs, ni aux Arbitres. Dans les courses normales, qu'il s'agisse d'éliminatoires ou de finales, les douze concurrents sont amenés sur la ligne de départ dans des cages grillagées (un peu analogues à celles qui sont utilisées pour les chevaux de courses) que le coup de pistolet du Starter fait se soulever toutes ensemble (à moins qu'un Juge facétieux n'ait décidé de retarder de quelques instants le mécanisme libérateur d'une, de deux ou même de toutes les cages, ce qui provoque généralement des incidents spectaculaires). Dans les Atlantiades, les cent soixante-seize concurrents sont parqués tous ensemble sur la zone de départ ; un treillis de fer électrifié, large de plusieurs mètres, est posé sur la piste et les sépare des femmes. Quand les femmes ont pris suffisamment d'avance, le Starter coupe le courant et les hommes peuvent se lancer à la poursuite de leurs proies. Mais il ne s'agit pas, même au sens strict du mot, d'un départ. En fait, la compétition, c'est-à-dire la lutte, a commencé depuis longtemps. Un bon tiers des concurrents sont déjà pratiquement éliminés, les uns parce qu'ils ont été assommés et qu'ils gisent inanimés sur le sol, les autres parce que les coups qu'ils ont reçus, et particulièrement les blessures aux pieds et aux jambes occasionnées par les chaussures à pointes, les rendent inaptes à accomplir une course, si petite soit-elle.

Il n'y a pas, dans les Atlantiades, à proprement parler de stratégie unique assurant la victoire. Chaque participant doit tenter d'évaluer ses chances en fonction de ses qualités individuelles et a à décider de sa ligne de conduite. Un très bon coureur de demi-fond, qui sait qu'il pourra produire son effort maximum après trois cents ou quatre cents mètres de course, a évidemment intérêt à se placer le plus en arrière par rapport à la ligne de départ : moins il aura d'adversaires derrière lui, moins il aura de chances d'être agressé avant le départ. Au contraire, un pugiliste ou un lanceur de poids, qui savent qu'ils n'ont pratiquement aucune chance à la course, essaieront plutôt d'éliminer tout de suite un maximum d'adversaires. Certains tenteront donc de se protéger le plus longtemps possible, d'autres au contraire attaqueront d'emblée. Entre ces deux groupes à peu près définis, la masse des concurrents ne sait jamais très bien quelle technique est la meilleure, encore que l'idéal soit évidemment pour eux

*de parvenir à livrer leurs adversaires les plus dange-
reux — les meilleurs coureurs — à l'agressivité
souvent aveugle des pugilistes.*

*Ce schéma élémentaire se complique considéra-
blement du fait des possibilités d'alliance. La notion
d'alliance n'a aucun sens dans les autres compétitions : la Victoire y est unique et personnelle, et c'est
seulement par crainte de représailles qu'un
concurrent mal parti apportera, s'il le peut, son aide
au mieux placé de ses compatriotes. Mais, dans les
Atlantiades, et c'est un de leurs traits spécifiques, il
y a autant de Vainqueurs que de femmes à conqué-
rir, et toutes les Victoires étant identiques (il serait
évidemment utopique de la part d'un concurrent de
convoiter une femme particulière), il est parfaitement possible à un groupe de concurrents de s'unir
contre les autres jusqu'au partage final des femmes.
Ces alliances tactiques peuvent prendre deux
aspects selon que les partants s'allient selon leur
nationalité (c'est-à-dire selon leur village), ou selon
leur spécialité. Les deux clivages existent rarement
en même temps, bien qu'ils soient parfaitement
envisageables, mais ils se succèdent souvent et parfois avec une rapidité terrifiante et c'est toujours un
spectacle étonnant que de voir, par exemple, un lanceur de marteau Nord-Ouest-W (en l'occurrence
Zacharie ou Andereggen) se battre contre l'un de ses
collègues des autres villages, comme Olafsson de
Nord-W ou Magnus de W, puis tout à coup s'unir à
lui pour tomber sur un de ses propres compatriotes
(Friedrich ou von Kramer, ou Zannucci, ou San-
ders, etc.).*

Mais ces luttes préliminaires qui se déroulent sur la zone de départ avant la course proprement dite ne sont elles-mêmes, elles aussi, que l'aboutissement, la dernière manifestation, les ultimes péripéties d'une guerre — il ne semble pas que le mot soit ici trop fort -- qui, pour s'être déroulée en dehors des pistes, n'en a pas moins été acharnée et souvent meurtrière. La raison de cette guerre est simple : c'est que les participants d'une Atlantiade (les deux premiers de chaque épreuve de classement) ont été désignés plusieurs jours, et parfois jusqu'à trois semaines, auparavant, et dès lors, chaque jour, chaque heure, chaque minute, ont été pour les futurs concurrents l'occasion de se débarrasser de leurs adversaires et d'accroître leurs chances de triompher. Sans doute cette lutte permanente, dont la compétition elle-même n'est que le point final, est-elle l'une des grandes Lois de la vie W, mais elle trouve ici, à l'occasion des Atlantiades, son terrain d'action le plus favorable, dans la mesure où la récompense — une femme — accompagne immédiatement la Victoire.

Les pièges se tendent, les tractations s'échafaudent, les alliances se nouent et se dénouent dans les coulisses des Stades, dans les vestiaires, dans les douches, dans les réfectoires. Les plus chevronnés cherchent à négocier leurs conseils ; on achète l'indulgence d'un lutteur : il fera semblant de vous frapper, on pourra faire le mort jusqu'au signal du Starter. À quinze ou vingt, des non-classés, des crouilles, qu'attire l'espoir insensé d'un avantage le plus souvent dérisoire, une demi-cigarette, quelques sucres, une barre de chocolat, un peu de beurre ramene d'un banquet, s'attaquent à un Champion d'un village voisin et le laissent pour mort. Des batailles rangées éclatent la nuit dans les dortoirs. Des Athlètes sont noyés dans les lavabos ou dans les chiottes.

L'Administration n'est pas ignorante de ces marchandages incessants. Elle fait afficher partout des placards les interdisant ; elle rappelle que la morale du Sport n'admet pas le trafic, que la Victoire ne peut pas s'acheter. Mais elle n'a jamais rien tenté de sérieux pour y mettre fin. Elle semble s'en accommoder. C'est la preuve pour elle que la vigilance des Athlètes est toujours en alerte, que ce n'est pas seulement sur la piste, mais partout et à tout instant, que la Loi W s'exerce.

Les autres compétitions se déroulent dans un silence total. C'est le Directeur de la course qui, en levant le bras, donne le signal des applaudissements et des vivats. Dans les Atlantiades, au contraire, la foule peut, ou plutôt doit hurler tout son saoul et ses cris, captés, sont retransmis à pleine puissance par des haut-parleurs disposés tout autour du Stade.

Les vociférations et les clameurs sont telles, sur la piste comme sur les gradins, elles atteignent à l'issue de la course, lorsque les rescapés parviennent enfin à s'emparer de leurs proies pantelantes, un paroxysme tel que l'on pourrait presque croire à une émeute.

XXIX

Il y eut la Libération ; je n'en ai gardé aucune image, ni de ses péripéties, ni même des déferlements d'enthousiasme qui l'accompagnèrent et la suivirent et auxquels il est plus que probable que je participai. Je revins à Villard avec ma grand-mère et je vécus quelques mois avec elle dans le tout petit logement qu'elle occupait dans le vieux Villard.

À la rentrée, j'allai à l'école communale et c'est cette année scolaire-là (peut-être le « cours élémentaire, deuxième année », en tout cas l'équivalent de la huitième) qui constitue encore aujourd'hui le point de départ de ma chronologie : huit ans, huitième (comme n'importe quel autre enfant scolarisé dans des conditions normales), sorte d'année zéro dont je ne sais pas ce qui l'a précédée (quand donc, précisément, ai-je appris à lire, à écrire, à compter ?), mais dont je peux faire découler machinalement tout ce qui l'a suivie : 1945, la rue des Bauches, le concours des Bourses auquel reste liée ma hantise des fractions (comment les réduire) ; 1946, le lycée Claude-Bernard, la 6e, le latin ; 1948, le grec ; 1949, le collège Geoffroy-Saint-Hilaire, à Étampes, je redouble la 4ᵉ, j'abandonne le grec et choisis l'allemand, etc.

De l'école elle-même, je ne me souviens pratiquement pas, sinon qu'elle était le siège d'un commerce effréné portant sur les insignes américains (les plus connus étant une plaque ronde de métal jaune portant les initiales US en relief et une sorte de médaille figurant deux fusils entrecroisés) et les foulards en soie de parachute. Je sais qu'un de mes camarades de classe s'appelait Philippe Gardes (j'en ai déjà parlé) et j'ai appris depuis que, vraisemblablement, il y avait eu aussi dans la classe Louis Argoud-Puix.

C'est peut-être cet hiver-là que j'aurais fait, pour la première et dernière fois de ma vie, une descente en bobsleigh, le long de la grande route en pente qui va des *Frimas* au centre de Villard. Nous n'arrivâmes pas au bout : à peu près à mi-course, à la hauteur de la ferme des Gardes, alors que l'équipe tout entière (nous devions être sept ou huit sur le bob : il était bosselé et plutôt rouillé, mais quand même impressionnant par sa taille) se penchait à droite pour prendre son virage, je me penchai à gauche et nous nous retrouvâmes au fond du ravin qui borde à cet endroit la route, après une chute de quelques mètres, heureusement amortie par l'épaisseur de la neige. Je ne sais pas si j'ai réellement vécu cet accident ou si, comme on l'a déjà vu à d'autres occasions, je l'ai inventé ou emprunté, mais en tout cas, il est resté comme un de mes exemples favoris de ma « gaucherie contrariée » : j'aurais été, en effet, gaucher de naissance ; à l'école on m'aurait imposé d'écrire de la main droite ; cela se serait traduit, non par un bégaiement (chose paraît-il fréquente), mais par une légère inclinaison de la tête vers la gauche (sensible jusqu'à il y a encore quelques années) et surtout par une incapacité à peu près chronique et toujours aussi vive à distinguer, non seulement la droite de la gauche (cela m'a valu d'échouer à mon permis de conduire : l'examinateur m'a demandé de tourner à droite et j'ai failli m'emboutir sur un camion à gauche ; cela contribue aussi à faire de moi un très médiocre rameur : je ne sais pas de quel côté il faut ramer pour faire tourner la barque), mais aussi l'accent grave de l'accent aigu, le concave du convexe, le signe plus grand que (>) du signe plus petit que (<) et d'une manière plus générale tous les énoncés impliquant à plus ou moins juste titre une latéralité et/ou une dichotomie (hyperbole/parabole, numérateur/dénominateur, afférent/efférent, dividende/diviseur, caudal/rostral, métaphore/métonymie, paradigme/syntagme, schizophrénie/paranoïa, Capulet/Montaigu, Whig/Tory, Guelfes/Gibelins, etc.) ; cela explique aussi le goût que j'ai pour les procédés mnémotechniques, qu'ils servent à différencier le bâbord du tribord en pensant au mot batterie, la cour et le jardin en pensant à Jésus-Christ, le concave et le convexe en imaginant une cave, ou, plus généralement, à se souvenir de *pi* (que j'aime à faire apprendre un nombre utile aux sages...), des empereurs romains (Césautica, Claunégalo, Vivestido, Nertrahadan, Marco) ou d'une simple règle d'orthographe (l'accent circonflexe de cime tombe dans l'abîme).

Assez vite, ma grand-mère et ma tante Esther

regagnèrent Paris. J'allai vivre chez la belle-sœur d'Esther, ma tante Berthe ; elle avait un fils d'une quinzaine d'années, Henri, et elle habitait dans une villa qui se trouvait dans le bas de Villard, près de la patinoire et de la petite piste de ski que l'on appelle, je crois bien, « Les Bains » (il y en avait une autre que l'on appelait « Les Clochettes » et une troisième, beaucoup plus difficile et beaucoup plus éloignée, qui était « La Cote 2000 »). Il me semble que la maison était grande ; c'était une sorte de chalet avec un grand balcon de bois. J'avais une belle chambre, avec un lit de milieu. Une fois, je fus malade et pour me guérir Berthe me fit boire une infusion de queues de cerises que je trouvai très mauvaise. Une autre fois, elle me posa des ventouses et la pose des ventouses reste inextricablement liée à une opération culinaire que Berthe pratiquait régulièrement : la découpe, au moyen d'un verre et selon un ordre rigoureux destiné à utiliser le plus économiquement possible la pâte, de petits ronds de pâte disposés ensuite sur une plaque huilée allant au four et devenant ensuite sablés ou, au terme d'opérations encore plus délicates, petits croissants fourrés.

XXX

L'enfant W ignore presque tout du monde où il va vivre. Pendant les quatorze premières années de sa vie, on l'a pour ainsi dire laissé aller à sa guise, sans chercher à lui inculquer aucune des valeurs traditionnelles de la société W. On ne lui a pas donné le goût du Sport, on ne l'a pas persuadé de la nécessité de l'effort, on ne l'a pas soumis aux dures lois de la compétition. Il est un enfant parmi les enfants. Nul ne l'a nourri du désir de dépasser, de surpasser les autres ; ses besoins spontanés ont été exaucés ; personne ne s'est élevé contre lui, personne n'a dressé contre lui le mur de son ordre, de sa logique, de sa Loi.

Tous les enfants W sont élevés ensemble ; pendant les premiers mois, les mères les gardent près d'elles, dans la chaleur calfeutrée des pouponnières installées dans les gynécées. Puis ils sont amenés dans la Maison des Enfants. C'est à l'écart de la Forteresse, au milieu d'un grand parc, un long bâtiment sans étages éclairé par de vastes baies. L'intérieur est une chambre unique, immense et sans cloisons, tout à la fois dortoir, salle de jeux, salle à manger ; les cui-

sines sont à une extrémité, les douches et les toilettes à l'autre. Les garçons et les filles grandissent les uns près des autres, dans une promiscuité entière et heureuse. Ils peuvent être jusqu'à trois mille, cinq cents filles et deux mille cinq cents garçons, mais une dizaine à peine d'éducateurs des deux sexes suffisent à les surveiller. Le mot surveiller est d'ailleurs impropre. Les enfants ne sont soumis à aucune surveillance ; on ne peut même pas dire qu'ils sont encadrés ; les adultes ne sont nantis d'aucune fonction pédagogique, même s'ils peuvent être parfois amenés à conseiller ou à expliquer ; leur tâche essentielle est d'ordre sanitaire : contrôle médical, dépistage, prophylaxie, interventions chirurgicales de routine : végétations, amygdales, appendicectomie, réduction de fractures, etc. Les plus âgés des enfants, les adolescents de treize ou quatorze ans, prennent soin des plus jeunes, leur apprennent à faire les lits, à laver le linge, à confectionner les aliments, etc. Tous décident librement de leurs horaires, de leurs activités et de leurs jeux.

De ce qui se passe dans les villages et sur les stades, ils n'ont qu'une connaissance confuse, presque entièrement imaginaire. Leur domaine est immense et ses confins sont si embroussaillés qu'ils ne savent même pas que des obstacles infranchissables — fossés, clôtures électrifiées, champs de mines — les séparent du monde adulte. Ils entendent parfois au loin des clameurs, des détonations, des sonneries de trompettes, ils voient passer dans le ciel des milliers de ballons multicolores ou des envols exaltants de colombes. Ils savent que ce sont les signes de fêtes grandioses auxquelles ils *seront admis un jour. Ils les miment parfois en de grandes farandoles joyeuses, ou bien, la nuit, bran-dissant des torches embrasées, ils se livrent à des cavalcades effrénées, et, hors d'haleine, ivres de joie, tombent pêle-mêle les uns sur les autres.*

C'est au cours de leur quinzième année que les enfants quittent à jamais leur Maison, les filles pour regagner les gynécées dont elles ne sortiront plus qu'à l'occasion des Atlantiades, les garçons pour rejoindre le village dont ils deviendront les futurs Athlètes.

L'adolescent se fait du monde où il va entrer une idée souvent merveilleuse : la tristesse qu'il peut éprouver à quitter ses compagnons est atténuée par la certitude qu'il a de les retrouver bientôt et c'est avec une impatience heureuse, parfois même avec enthousiasme, qu'il monte dans l'hélicoptère chargé de l'emmener.

Affecté dans un village, l'enfant y sera pendant au moins trois ans novice avant de devenir Athlète. Il participera aux séances d'entraînement du matin, mais non aux championnats. Mais ses six premiers mois de noviciat, il les passera menottes aux mains, fers aux pieds, enchaîné la nuit à son lit, et souvent même bâillonné. C'est ce que l'on nomme la Qua-rantaine et il n'est pas exagéré de dire que c'est la pé-riode la plus douloureuse de la vie d'un Sportif W, que tout ce qui suit, les humiliations, les injures, les injustices, les coups, n'est pour ainsi dire presque plus rien, ne pèse presque plus à côté de ces pre-mières heures, de ces premières semaines. La décou·

189

verte de la vie W est, il est vrai, un spectacle assez terrifiant. Le novice parcourt les Stades, les camps d'entraînement, les cendrées, les chambrées ; il n'est encore qu'un adolescent tranquille et confiant, pour qui la vie se confondait jusqu'alors avec la chaleur fraternelle de ses milliers de compagnons, et tout ce qui pour lui s'associait avec des images de fêtes fastueuses, ces clameurs, ces musiques triomphales, ces envolées d'oiseaux blancs, lui apparaît sous un jour insoutenable. Puis il verra revenir la cohorte des vaincus, Athlètes gris de fatigue, titubant sous le poids des carcans de chêne ; il les verra s'affaler d'un coup, la bouche ouverte, la respiration sifflante ; il les verra un peu plus tard se battre, s'entre-déchirer pour un morceau de saucisson, pour un peu d'eau, pour une bouffée de cigarette. Il verra, à l'aube, le retour des Vainqueurs, gavés de saindoux et de mauvais alcools, s'effondrant dans leurs vomissures.

Ainsi se passera sa première journée. Ainsi se passeront les suivantes. Au début, il ne comprendra pas. Des novices un peu plus anciens que lui essaieront parfois de lui expliquer, de lui raconter, ce qui se passe, comment ça se passe, ce qu'il faut faire et ce qu'il ne faut pas faire. Mais, le plus souvent, ils n'y arriveront pas. Comment expliquer que ce qu'il découvre n'est pas quelque chose d'épouvantable, n'est pas un cauchemar, n'est pas quelque chose dont il va se réveiller brusquement, quelque chose qu'il va chasser de son esprit, comment expliquer que c'est cela la vie, la vie réelle, que c'est cela qu'il y aura tous les jours, que c'est cela qui existe et rien d'autre, qu'il est inutile de croire que quelque chose d'autre existe, de faire semblant de croire à autre chose, que ce n'est même pas la peine d'essayer de déguiser cela, d'essayer de l'affubler, que ce n'est même pas la peine de faire semblant de croire à quelque chose qu'il y aurait derrière cela, ou au-dessous, ou au-dessus. Il y a cela et c'est tout. Il y a les compétitions tous les jours, les Victoires ou les défaites. Il faut se battre pour vivre. Il n'y a pas d'autre choix. Il n'existe aucune alternative. Il n'est pas possible de se boucher les yeux, il n'est pas possible de refuser. Il n'y a ni recours, ni pitié, ni salut à attendre de personne. Il n'y a même pas à espérer que le temps arrangera cela. Il y a cela, il y a ce qu'il a vu, et parfois ce sera moins terrible que ce qu'il a vu, et parfois ce sera beaucoup plus terrible que ce qu'il a vu. Mais où qu'il tourne les yeux, c'est cela qu'il verra et rien d'autre et c'est cela seul qui sera vrai.

Mais même les plus anciens Athlètes, même les vétérans gâteux qui viennent faire les pitres sur les pistes entre deux épreuves et que la foule hilare nourrit de trognons pourris, même ceux-là croient encore qu'il y a autre chose, que le ciel peut être plus bleu, la soupe meilleure, la Loi moins dure, croient que le mérite sera récompensé, croient que la victoire leur sourira et qu'elle sera belle.

Plus vite, plus haut, plus fort. Lentement, au fil des mois de la Quarantaine, la fière devise olympique se grave dans la tête des novices. Très peu tentent de se suicider, très peu deviennent vraiment fous. Quelques-uns ne cessent de hurler, mais la plupart se taisent, obstinément.

XXXI

C'est de cette époque que datent les premières lectures dont je me souvienne. Couché à plat ventre sur mon lit, je dévorais les livres que mon cousin Henri me donnait à lire.

L'un de ces livres était un roman-feuilleton. Je crois qu'il s'appelait *Le Tour du monde d'un petit Parisien* (ce titre existe, mais il y en a beaucoup d'autres très proches : *Le Tour de France d'un petit Parisien*, *Le Tour du monde d'un enfant de quinze ans*, *Le Tour de France de deux enfants*, etc.). Ce n'était pas l'un de ces grands livres rouges comme les Jules Verne de la collection Hetzel, mais un gros volume broché réunissant de nombreux fascicules dont chacun avait une couverture illustrée. L'une de ces couvertures représentait un enfant d'une quinzaine d'années avançant sur un sentier très étroit creusé à mi-hauteur d'une haute falaise surplombant un précipice sans fond. Cette image classique du roman d'aventures (et des westerns) m'est restée à ce point familière que j'ai toujours cru en avoir vu de quasi équivalentes dans des livres lus beaucoup plus tard — comme *Le Châ-*

teau des Carpathes ou *Mathias Sandorf* — où, récemment encore, je les ai vainement cherchées.

Le deuxième livre était *Michaël, chien de cirque*, dont un épisode au moins s'est gravé dans ma mémoire, celui de cet athlète que quatre chevaux vont tenter d'écarteler ; mais en fait, ce n'est pas sur ses membres que les chevaux tirent, mais sur quatre câbles d'acier disposés en x qui sont dissimulés sous les vêtements de l'athlète : il sourit sous cette prétendue torture, mais le directeur de cirque exige de lui qu'il montre les signes de la plus atroce souffrance.

Le troisième livre était *Vingt ans après*, dont mon souvenir exagère à l'excès l'impression qu'il me fit, peut-être parce que c'est le seul de ces trois livres que j'ai relu depuis et qu'il m'arrive encore aujourd'hui de relire : il me semble que je connaissais ce livre par cœur et que j'en avais assimilé tellement de détails que le relire consistait seulement à vérifier qu'ils étaient bien à leur place : les coins de vermeil de la table de Mazarin, la lettre de Porthos restée depuis quinze ans dans la poche d'un vieux justaucorps de d'Artagnan, la tétragone d'Aramis en son couvent, la trousse à outils de Grimaud grâce à laquelle on découvre que les tonneaux ne sont pas pleins de bière mais de poudre, le papier d'arménie que d'Artagnan fait brûler dans l'oreille de son cheval, la manière dont Porthos, qui a encore un bon poignet (gros, je crois bien, comme une côtelette de mouton), transforme des pincettes de cheminée en tire-bouchon, le livre d'images que regarde le jeune Louis XIV lorsque d'Artagnan vient le chercher pour lui faire quitter Paris, Planchet réfugié chez la logeuse de d'Artagnan et parlant flamand pour faire croire qu'il est son frère, le paysan charriant du bois et indiquant à d'Artagnan, dans un français impeccable, la direction du château de La Fère, l'inflexible haine de Mordaunt demandant à Cromwell le droit de remplacer le bourreau enlevé par les Mousquetaires, et cent autres épisodes, pans entiers de l'histoire ou simples tournures de phrase dont il me semble, non seulement que je les ai toujours connus, mais plus encore, à la limite, qu'ils m'ont presque servi d'histoire : source d'une mémoire inépuisable, d'un ressassement, d'une certitude : les mots étaient à leur place, les livres racontaient des histoires ; on pouvait suivre ; on pouvait relire, et, relisant, retrouver, magnifiée par la certitude qu'on avait de les retrouver, l'impression qu'on avait d'abord éprouvée : ce plaisir ne s'est jamais tari : je lis peu, mais je relis sans cesse, Flaubert et Jules Verne, Roussel et Kafka, Leiris et Queneau ; je relis les livres que j'aime et j'aime les livres que je relis, et chaque fois avec la même jouissance, que je relise vingt pages, trois chapitres ou le livre entier : celle d'une complicité, d'une connivence, ou plus encore, au-delà, celle d'une parenté enfin retrouvée.

Il y avait pourtant quelque chose de frappant dans ces trois premiers livres, c'est précisément qu'ils étaient incomplets, qu'ils en impliquaient d'autres, absents, et introuvables : les aventures du *Petit Parisien* n'étaient pas terminées (il devait manquer un second volume), Michaël, le *chien de cirque* avait un frère, nommé Jerry, héros d'aventures insulaires dont j'ignorais tout, et mon cousin Henri ne possédait ni *Les Trois mousquetaires* ni *Le Vicomte de Bragelonne*, qui me faisaient l'effet d'être des raretés bibliographiques, des livres sans prix, dont on pouvait seulement espérer qu'un jour je pourrais les consulter (pour *Les Trois mousquetaires*, cette croyance fut assez vite démentie mais elle persista pendant plusieurs années pour *Le Vicomte de Bragelonne* : je me rappelle que, pour le lire, je l'empruntai à une bibliothèque municipale et que je fus presque surpris lorsque je vis en librairie les premières éditions de poche, chez Marabout d'abord, puis au Livre de Poche).

Henri avait lu *Les Trois mousquetaires* et *Le Vicomte de Bragelonne* et aussi, je crois, *La Dame de Montsoreau* ; il se souvenait assez mal des *Trois mousquetaires* (mais tout de même assez, je pense, pour m'expliquer ce qui était indispensable à une bonne compréhension de *Vingt ans après*, par exemple qui étaient Rochefort, ou Bonacieux (« cette canaille de Bonacieux ») ou cette Lady de Winter que Mordaunt s'acharne tant à venger), mais il était encore très marqué par sa lecture du *Vicomte de Bragelonne* : c'est ainsi que j'appris comment devaient mourir (à l'exception d'Aramis, qui devient évêque) ces personnages dont je ne connaissais ni les premières ni les dernières aventures : Porthos écrasé par un rocher qu'il ne parvient plus à soulever, Athos dans son lit au moment même où tombe en Algérie son fils Raoul, d'Artagnan emporté par un boulet au siège de Maestricht alors qu'il vient d'être nommé maréchal.

C'est la mort de d'Artagnan qui me transportait le plus, au sens strict du terme d'ailleurs, puisque Henri me la racontait en en mimant avec mon concours les principales péripéties tout en me véhiculant dans une petite charrette à bras, au cours de grandes balades que nous faisions autour de Villard chez les paysans des environs pour nous approvisionner en œufs, en lait et en beurre (je me souviens des formes de bois qui servaient à faire les mottes de beurre et de la netteté des empreintes — petite vache, fleur ou rosace — qu'elles laissaient sur le beurre encore tout couvert de gouttelettes blanchâtres).

*

À force d'insistance, j'avais fini par obtenir d'Henri qu'il m'apprenne à jouer à la bataille navale mouvante. Un jour où il voulait me faire particulièrement plaisir, il se lança dans la confection de deux grands damiers et de vignettes de navires qui devaient nous permettre de nous livrer à des combats sérieux. Il était presque venu à bout de ce travail méticuleux, accompli avec un soin qui ressemblait pour moi à de la ferveur, sans doute parce qu'il répondait à la ferveur de mon attente, lorsque, un matin où j'avais dû me montrer spécialement exaspérant, il entra dans une colère aussi inexplicable que violente qui le fit déchirer et piétiner les si précieux damiers. À plusieurs reprises, dans les années qui suivirent, je racontai à Henri cet incident, chaque fois lui rappelant à quel point cela m'avait paru impossible, illogique, presque irréel, chaque fois me souvenant de cette impression d'incrédulité ressentie en face de ces damiers devenus déchirures. Chaque fois, Henri s'étonnait que cette colère d'adolescent m'eût tellement frappé : mais, me semble-t-il, ce que je déduisis de ce geste incroyable, ce ne fut pas qu'Henri n'était qu'un enfant, ce fut plutôt, plus sourdement, qu'il n'était pas, qu'il n'était plus l'être infaillible, le modèle, le détenteur du savoir, le dispensateur de certitude que je ne voulais pas qu'il cesse, lui, au moins, d'être pour moi.

XXXII

Au bout de ses six mois de Quarantaine, le nouvel arrivant est officiellement déclaré novice. Cette nomination est l'occasion de deux manifestations. La première est une cérémonie d'intronisation qui se déroule sur le Stade central, en présence de tous les Athlètes : on enlève aux jeunes leurs menottes, leurs fers et leurs boulets et on leur remet l'insigne de leur nouvelle fonction : un large triangle d'étoffe blanche qu'ils cousent, pointe en haut, sur le dos de leur survêtement. Un sous-Directeur de course ou un Chronométreur prononce un petit discours dont les termes varient rarement d'une cérémonie à l'autre ou d'un Officiel à l'autre, et qui, en souhaitant la bienvenue aux futurs Athlètes, exalte les vertus du Sport et rappelle les grands principes de l'Idéal olympique W. Puis, pour clôturer la cérémonie, une rencontre amicale, *c'est-à-dire dont les résultats ne feront l'objet d'aucune homologation et ne donneront lieu à aucune récompense, réunit les Athlètes et les novices.*

La seconde manifestation, de caractère beaucoup plus privé, a lieu dans les chambrées des villages.

D'abord secrète et clandestine, elle a fini par être reconnue par l'Administration, qui, selon sa politique habituelle, n'a pas cherché à l'interdire mais s'est contentée d'en codifier le déroulement. L'objet de cette manifestation est de choisir parmi les Athlètes celui qui sera le protecteur du novice, c'est-à-dire celui qui se chargera de son entraînement, qui le guidera sur les Stades, qui lui enseignera les techniques du Sport, les règles sociales, les marques extérieures de respect, les coutumes du village. C'est lui, évidemment, qui viendra à son secours chaque fois qu'il sera menacé. En échange, le novice servira ce tuteur attitré avec dévouement et reconnaissance : il lui fera son lit chaque matin, lui apportera son bol de porridge, lui lavera son linge et ses gamelles, lui servira son repas de midi ; il veillera au bon état de son équipement sportif, de ses maillots, de ses chaussures de compétition. Accessoirement, il lui servira de giton.

Il faut évidemment être classé pour avoir l'honneur de protéger un novice. On peut se rappeler qu'il y a, dans chaque village, 330 Athlètes dont 66 sont classés régulièrement, c'est-à-dire ont gagné leur nom dans les championnats de classement, et une vingtaine, au maximum, de crouilles qui ont réussi à se décrocher une identité en triomphant dans les Spartakiades. Or, l'effectif des novices oscille, nous l'avons vu, entre 50 et 70. Il pourrait donc y avoir à peu près autant de Champions protecteurs que de novices protégés. Mais ce serait méconnaître profondément la nature de la société W que de croire qu'il pourrait en être ainsi. En fait, la désignation du tuteur est déterminée par l'issue d'un combat singulier que se livrent les deux meilleurs Champions du village, c'est-à-dire ceux qui sont au moins Champions olympiques et dont le nom est précédé de l'article défini (le Kekkonen, le Jones, le Mac-Millan, etc.). S'il y a plusieurs Champions olympiques dans un village, ce qui est fréquent, puisqu'il y a 22 Champions olympiques et 4 villages, on choisit en priorité ceux qui ont triomphé dans les disciplines dites nobles : les courses de vitesse d'abord, le 100 m, le 200 m, le 400 m, puis le saut en hauteur, le saut en longueur, le 110 m haies, les courses de demi-fond, etc., jusque, en désespoir de cause, aux pentathlon et décathlon.

En règle générale, donc, la plupart des novices se retrouvent avoir pour protecteur attitré l'un ou l'autre de ces deux super-Champions ; il peut arriver qu'on se les dispute âprement et que leur obtention fasse l'objet d'une lutte sanguinaire ; mais le plus souvent, le partage se fait par accord tacite : chaque Champion choisit à tour de rôle, selon les arrivages, dans le lot des novices et le combat singulier qui les oppose se limite à quelques invectives topiques et à un simulacre de corps à corps.

On conçoit ainsi aisément comment cette institution, qui ne visait au départ que la seule relation des anciens et des nouveaux, un peu à l'image de ce qui se pratique régulièrement dans les collèges et dans les régiments, a pu devenir sur W la base d'une organisation verticale complexe, d'un système hiérarchique qui englobe tous les Sportifs d'un village dans un réseau de relations en cascade dont le jeu constitue toute la vie sociale du village. Les protecteurs en titre n'ont en effet que faire de leurs trop nombreux filleuls, ils s'en réservent deux ou trois et monnayent les services des autres auprès des autres Athlètes. On aboutit ainsi à la formation de véritables clientèles que les deux Champions de tête manipulent à leur gré.

Sur le plan strictement local, le pouvoir des Champions protecteurs est immense et leurs chances de survie sont considérablement plus grandes que celles des autres Athlètes. Ils peuvent, par des brimades systématiques, en les faisant harceler par leurs novices et par leurs crouilles, en les empêchant de manger, en les empêchant de dormir, épuiser ceux de leurs compatriotes dont ils ont le plus à craindre, ceux qui se classent immédiatement derrière eux dans leur spécialité, ceux qui les talonnent à chaque course, à chaque concours et dont ils savent que la Victoire serait le signal d'une impitoyable vengeance.

Mais le système des clientèles est aussi fragile qu'il est féroce. L'acharnement d'un adversaire ou le bon plaisir d'un Arbitre peuvent, en une seconde, faire perdre au Champion ces noms qu'il a si durement gagnés et si sauvagement défendus. Et la masse de ses fidèles se retournera contre lui et ira mendier les bouchées, les sucres et les sourires des nouveaux Vainqueurs.

XXXIII

Il y avait aussi chez tante Berthe un grand dictionnaire Larousse en deux volumes. Peut-être
est-ce là que j'ai appris à aimer les dictionnaires
De celui-là, je ne me souviens guère que d'une
planche en couleurs, intitulée « Pavillons », qui
reproduisait la plupart, sinon la totalité des drapeaux des nations souveraines — y compris Saint-
Marin et le Vatican. Sans doute n'ai-je regardé
cette planche avec une attention particulière que
parce que pendant toute cette époque, Henri et
moi confectionnâmes toute une collection de drapeaux aux couleurs américaines, anglaises, fran-
çaises et russes, d'une part, allemandes d'autre
part (je ne me rappelle pas qu'il y en ait eu
d'autres, canadiennes ou yougoslaves, par
exemple), grâce auxquels nous marquions sur une
grande carte d'Europe punaisée au mur l'avance
triomphale des armées alliées, telle que jour après
jour nous l'apprenait notre journal quotidien, *Les
Allobroges* (j'étais fier de savoir que les Allobroges
étaient, au temps des Gaulois, le nom des peuples
de la Savoie et du Dauphiné). Les drapeaux cor-
respondaient à des armées, ou même à des corps

d'armées ou à des divisions, l'important étant, semblait-il, que figure sur chaque drapeau le nom d'un général. J'ai oublié presque tous ces noms de généraux, même si je sais encore qui étaient Joukov, Eisenhower, Montgomery, Patton ou Omar Bradley. Mon favori était le général de Larminat. J'avais aussi un faible pour Thierry d'Argenlieu, non seulement parce qu'il était le seul amiral que je connaisse, mais parce que le bruit courait qu'il était moine.

*

Un autre de mes souvenirs concerne François Billoux, qui fut aussi pour moi une sorte d'idole, surtout à partir du moment où je parvins à ne plus le confondre avec François Billon. Son passage à Villard fut l'occasion d'un rassemblement gigantesque. La place, au centre de laquelle il y avait une fontaine aujourd'hui disparue, était noire de monde. Henri et moi parvînmes à nous approcher de la tribune. Henri tenait à la main le livre d'Ilya Ehrenbourg, *La Chute de Paris* (il y avait quelque chose qui m'étonnait dans ce livre, que je ne parvenais pas à comprendre : c'était un livre écrit par un Russe, mais il se passait à Paris ; dans la traduction, on ne s'en apercevait pas, mais dans le texte russe, comment disait-on, et quel effet ça faisait-il de lire, par exemple, « rue Cujas », ou « rue Soufflot » ?) Henri tendit le livre à François Billoux qui le lui rendit dédicacé. Pour ma part, plus heureux sans doute qu'avec l'évêque, je réussis à me faire serrer la main.

*

Souvent j'allais chercher le journal sur la place (le marchand de journaux, tabacs, souvenirs, cartes postales, est toujours au même endroit). Un jour de mai 1945, je trouvai de nouveau la place noire de monde et j'eus beaucoup de mal à entrer dans la boutique et à acheter le journal. Je revins en courant dans les rues encombrées d'une foule enthousiaste, brandissant à bout de bras *Les Allobroges* et criant à tue-tête : « Le Japon a capitulé ! »

*

Un soir, nous allâmes au cinéma, Henri, Berthe, Robert, le père d'Henri, qui, je crois, venait de revenir de Paris pour nous aider à y rentrer, et moi. Le film s'appelait *Le grand silence blanc* et Henri était fou de joie à l'idée de le voir car il se souvenait d'une magnifique histoire de Curwood qui portait ce titre, et pendant toute la journée il m'avait parlé de la banquise et des Esquimaux, des chiens à traîneaux et des raquettes, du Klondyke et du Labrador. Mais dès les premières images, nous fûmes atrocement déçus : le grand désert blanc n'était pas le Grand Nord, mais le Sahara, où un jeune officier, nommé Charles de Foucauld, fatigué d'avoir fait des frasques avec des femmes de mauvaise vie (il buvait du champagne dans leurs chaussures), se faisait missionnaire malgré les objurgations de son ami le général Laperrine, qui n'était encore que capitaine, et qui arrivait trop tard avec son goum pour le sauver des méchants Touareg (au singulier : Targui) qui assiégeaient son bordj. Je me souviens de la mort de Charles de Foucauld : il est attaché à un poteau, la balle qui l'achève lui est entrée en plein dans l'œil, et le sang coule sur sa joue.

XXXIV

La frontière qui sépare les Sportifs des Officiels est d'autant plus marquée qu'elle n'est pas absolument infranchissable. Les Lois W, d'ordinaire si laconiques, et dont le silence même est une menace mortelle pour les Athlètes qui en subissent le joug, sont ici étonnamment prolixes : elles décrivent minutieusement, complaisamment, presque avec générosité, toutes les situations qui peuvent permettre à un Athlète d'accéder, après quelques années de compétition, à un poste responsable, soit dans son Village, comme Directeur d'équipe, ou comme Entraîneur, masseur, doucheur, coiffeur, etc., soit sur les Stades où une foule de petits postes strictement hiérarchisés peuvent lui être proposés : serveur, crieur, balayeur, lanceur de colombes, porteur de torche ou d'étendard, mascotte, musicien, calligraphe, gardien de travée, etc.

À première vue, il ne semble pas qu'il soit très difficile à un Athlète de remplir les conditions requises pour être admis à l'un ou l'autre de ces postes et bénéficier des prérogatives qui leur sont attachées et qui, pour minuscules qu'elles puissent paraître (exemption de corvées, droit aux douches, logement individualisé, libre accès des Stades, des vestiaires, des Salons de réception, etc.), se révèlent souvent indispensables à la simple survie du Vétéran. Il y a tout d'abord tout un système de points, primes et bonifications qui sont comptabilisés tout au long de la carrière de l'Athlète : le cumul des points s'effectue de façon telle qu'il suffit en principe de quatre années de performances régulières pour que l'ex-Champion soit à peu près assuré d'obtenir d'office une place privilégiée. Il y a ensuite diverses combinaisons de Victoires qui permettent aux Vainqueurs de passer la frontière, de sauter la barrière dans des délais encore plus courts : en trois ans, si l'Athlète obtient un Brelan, c'est-à-dire s'il se classe second ou troisième trois fois de suite dans les Olympiades ; en deux ans, s'il gagne le Doublé : deux Victoires olympiques de suite, performance considérée comme la plus glorieuse de toutes, mais dont l'histoire W n'offre aucun exemple ; ou même en un an, en une seule saison, en gagnant un Carré (une première place dans le Championnat de classement, dans les deux Championnats locaux, dans l'épreuve de Sélection) ou un Tiercé (premier au Championnat de classement, premier à la Sélection, premier à l'Olympiade), combinaison qui semble statistiquement la plus probable, mais qui se rencontre en fait extrêmement rarement. Il y a enfin, en bon accord avec l'esprit même de la vie W, divers systèmes apparemment fondés sur le seul hasard : un Athlète minable, un crouille invétéré, incapable de la moindre performance honnête, incapable de se faire un Nom, pourra, du jour au lendemain, devenir Officiel : il aura suffi, par exemple, que le numéro de son dossard corresponde à la performance du Vainqueur.

L'abondance de ces Lois, leur précision, le grand nombre et la variété des possibilités offertes peuvent laisser croire qu'il suffit vraiment de peu de chose pour qu'un Athlète devienne Officiel. Comme si les Lois W, en affirmant vouloir récompenser aussi bien le mérite sportif que la seule régularité ou que la simple chance, voulaient donner l'impression qu'Athlètes et Officiels appartiennent à la même Race, au même monde, comme s'ils étaient tous de la même famille et qu'un même but les unissait : la seule plus grande Gloire du Sport ; comme si rien ne les séparait vraiment : les concurrents rivalisent et redoublent d'efforts sur les cendrées ; massée sur les gradins, debout, la foule de leurs camarades les acclame ou les conspue ; les Officiels sont assis dans les Tribunes et un même esprit les anime, un même combat les galvanise, une même exaltation les traverse !

Mais l'on connaît assez le monde W pour savoir que ses Lois les plus clémentes ne sont jamais que l'expression d'une ironie un peu plus féroce. L'apparente générosité des règles qui déterminent l'accession aux postes officiels se heurte chaque fois au bon plaisir de la Hiérarchie : ce qu'un Chronométeur suggère, un Arbitre peut le refuser ; ce qu'un Arbitre promet, un Juge peut l'interdire ; ce qu'un Juge propose, un Directeur en dispose ; ce qu'un Directeur concède, un autre peut le nier. Les grands Officiels ont tout pouvoir ; ils peuvent laisser faire, comme ils peuvent interdire ; ils peuvent entériner le choix du hasard ou lui préférer un hasard de leur choix ; ils peuvent décider, et revenir à tout instant sur leur décision.

Il n'est jamais sûr qu'un Athlète, au terme de sa carrière, parviendra à devenir Officiel, et surtout, il n'est jamais sûr qu'il le restera. Mais, de toute façon, il n'a pas d'autre issue. Les vétérans chassés des équipes et qui n'ont pas obtenu de poste, ceux que l'on appelle les mulets, n'ont aucun droit, n'ont aucune protection. Les dortoirs, les réfectoires, les douches, les vestiaires leur sont interdits. Ils n'ont pas le droit de parler, ils n'ont pas le droit de s'asseoir. Ils sont souvent dépouillés de leur survêtement et de leurs chaussures. Ils s'entassent près des poubelles, ils rôdent la nuit près des gibets, essayant, malgré les Gardes qui les abattent à vue, d'arracher aux charognes des vaincus lapidés et pendus quelques lambeaux de chair. Ils s'amassent en grappes compactes, essayant en vain de se réchauffer, de trouver un instant, dans la nuit glaciale, le sommeil.

Les petits officiels n'ont, à vrai dire, pas grand-chose à faire : les préposés aux douches tournent négligemment leurs robinets d'eau bouillante ou glacée ; les coiffeurs passent leurs tondeuses ; les gardiens de travée font claquer leurs longs fouets ; les crieurs donnent le signal des applaudissements et des huées.

Mais il faut que les Hommes se lèvent et qu'ils se mettent en rang. Il faut qu'ils sortent des chambrées — Raus ! Raus ! — il faut qu'ils se mettent à courir

— Schnell ! Schnell ! — il faut qu'ils entrent sur le Stade dans un ordre impeccable !

Les petits officiels, quel que soit leur rang, sont tout-puissants devant les Athlètes. Et ils font respecter les dures Lois du Sport avec une sauvagerie décuplée par la terreur. Car ils sont mieux nourris, mieux vêtus, car ils dorment mieux et sont plus détendus, mais leur sort est à jamais suspendu au regard courroucé d'un Directeur, à l'ombre qui passe sur le visage d'un Arbitre, à l'humeur ou à la facétie d'un Juge.

XXXV

Avant d'aller à Paris, on s'est arrêtés toute une journée à Grenoble. On n'a pas pris le téléphérique qui monte à la Grande Chartreuse ; d'ailleurs il ne marchait pas. À la place, avec Henri, on est allés dans un tout petit cinéma qui s'appelait, je crois, *Le Studio* ; c'était une salle très jolie, avec un tapis et des grands fauteuils, vraiment très différente des espèces de hangars ou de salles de patronage qui avaient été jusqu'alors mes cinémas. On a vu *La vie privée d'Henry VIII*, un film d'Alexandre Korda, avec Charles Laughton. C'est là, je crois, que j'ai vu et entendu pour la première fois le majestueux coup de gong qui précède les génériques de tous les films de la Rank. Du film lui-même, une seule scène m'est restée : celle où le vieux roi, légèrement gâteux, mais toujours aussi magnifiquement vêtu et toujours aussi gourmand, dévore en cachette de son énième épouse (devant laquelle il tremble comme un petit enfant) à lui tout seul et à pleines dents un poulet entier.

Le voyage jusqu'à Paris a duré très longtemps. Henri m'a appris à mesurer les kilomètres en repérant sur le bord extérieur de la voie de droite (quand on va vers Paris ; cela rend l'observation presque impossible quand on vient de Paris, car les signaux sont alors au ras du wagon d'où on les regarde) les panneaux à chiffres blancs sur fond bleu indiquant le nombre de kilomètres qui nous séparaient de Paris, les centaines de mètres étant indiquées par des piquets blancs, à l'exception du cinquième, qui était rouge. C'est une habitude que j'ai conservée et je ne crois pas avoir fait depuis de voyages en train, qu'ils durent une heure ou une demi-journée, sans m'amuser à voir défiler les cent mètres, les demi-kilomètres et les kilomètres à une vitesse aujourd'hui considérablement plus grande que lors de ce voyage de retour.

On était parti un soir. On est arrivés à Paris le lendemain après-midi. Ma tante Esther et mon oncle David nous attendaient sur le quai. En sortant de la gare, j'ai demandé comment s'appelait ce monument ; on m'a répondu que ce n'était pas un monument, mais seulement la gare de Lyon.

On est montés dans la onze-chevaux noire de mon oncle. On a accompagné Henri et ses parents chez eux, avenue Junot (duc d'Abrantès), à Montmartre, puis on est allés chez nous, rue de l'Assomption.

Deux jours plus tard, ma tante m'a envoyé chercher du pain en bas de la rue. En sortant de la boulangerie, je me suis trompé de direction et au lieu de remonter la rue de l'Assomption, j'ai pris la rue de Boulainvilliers : j'ai mis plus d'une heure à retrouver ma maison.

Plus tard, je suis allé à l'école communale, rue des Bauches. Plus tard, je suis allé à un goûter de Noël offert par des soldats canadiens ; je ne me rappelle plus quel jouet m'échut en partage, sinon qu'il n'était pas de ceux que je convoitais. Plus tard, porteur d'une grande gerbe rouge et marchant aux côtés de deux autres enfants portant l'un une gerbe bleue, l'autre une gerbe blanche, j'ai défilé devant un général.

Plus tard, je suis allé avec ma tante voir une exposition sur les camps de concentration. Elle se tenait du côté de La Motte-Picquet-Grenelle (ce même jour, j'ai découvert qu'il existait des métros qui n'étaient pas souterrains mais aériens). Je me souviens des photos montrant les murs des fours lacérés par les ongles des gazés et d'un jeu d'échecs fabriqué avec des boulettes de pain.

XXXVI

L'Athlète W n'a guère de pouvoirs sur sa vie. Il n'a rien à attendre du temps qui passe. Ni l'alternance des jours et des nuits ni le rythme des saisons ne lui seront d'aucun secours. Il subira avec une égale rigueur le brouillard de la nuit d'hiver, les pluies glaciales du printemps, la chaleur torride des après-midi d'été. Sans doute peut-il attendre de la Victoire qu'elle améliore son sort. mais la Victoire est si rare, et si souvent dérisoire ! La vie de l'Athlète W n'est qu'un effort acharné, incessant, la poursuite exténuante et vaine de cet instant illusoire où le triomphe pourra apporter le repos. Combien de centaines, combien de milliers d'heures écrasantes pour une seconde de sérénité, une seconde de calme ? Combien de semaines, combien de mois d'épuisement pour une heure de détente ?

Courir. Courir sur les cendrées, courir dans les marais, courir dans la boue. Courir, sauter, lancer les poids. Ramper. S'accroupir, se relever. Se relever, s'accroupir. Très vite, de plus en plus vite. Courir en rond, se jeter à terre, ramper, se relever, courir. Rester debout, au garde-à-vous, des heures, des jours, des jours et des nuits. À plat ventre ! Debout ! Habillez-vous ! Déshabillez-vous ! Habillez-vous ! Déshabillez-vous ! Courez ! Sautez ! Rampez ! À genoux !

Immergé dans un monde sans frein, ignorant des Lois qui l'écrasent, tortionnaire ou victime de ses compagnons sous le regard ironique et méprisant de ses Juges, l'Athlète W ne sait pas où sont ses véritables ennemis, ne sait pas qu'il pourrait les vaincre et que cette Victoire serait la seule vraie qu'il pourrait remporter, la seule qui le délivrerait. Mais sa vie et sa mort lui semblent inéluctables, inscrites une fois pour toutes dans un destin innommable.

Il y a deux mondes, celui des Maîtres et celui des esclaves. Les Maîtres sont inaccessibles et les esclaves s'entre-déchirent. Mais même cela, l'Athlète W ne le sait pas. Il préfère croire à son Étoile. Il attend que la chance lui sourie. Un jour, les Dieux seront avec lui, il sortira le bon numéro, il sera celui que le hasard élira pour amener jusqu'au brûloir central la Flamme olympique, ce qui, lui donnant le grade de Photophore officiel, le dispensera à jamais de toute corvée, lui assurera, en principe, une protection permanente. Et il semble bien que toute son énergie soit consacrée à cette seule attente, à ce seul espoir d'un miracle misérable qui lui permettra d'échapper aux coups, au fouet, à l'humiliation, à la peur. L'un des traits ultimes de la société W est que l'on y interroge sans cesse le destin : avec de la mie de pain longtemps pétrie, les Sportifs se fabriquent des osselets, des petits dés. Ils interprètent le passage des oiseaux, la forme des nuages, des flaques, la

chute des feuilles. Ils collectionnent des talismans :
une pointe de la chaussure d'un Champion olym-
pique, un ongle de pendu. Des jeux de cartes ou de
tarots circulent dans les chambrées : la chance
décide du partage des paillasses, des rations et des
corvées. Tout un système de paris clandestins, que
l'Administration contrôle en sous-main par l'inter-
médiaire de ses petits officiels, accompagne les
Compétitions. Celui qui donne dans l'ordre, les
numéros matricules des trois premiers d'une
Épreuve olympique a droit à tous leurs privilèges ;
celui qui les donne dans le désordre est invité à par-
tager leur repas de triomphe.

Les orphéons aux uniformes chamarrés jouent
L'Hymne à la joie. *Des milliers de colombes et de*
ballons multicolores sont lâchés dans le ciel. Précé-
dés d'immenses étendards aux anneaux entrelacés
que le vent fait claquer, les Dieux du Stade pénètrent
sur les pistes, en rangs impeccables, bras tendus
vers les tribunes officielles où les grands Digni-
taires W les saluent.

Il faut les voir, ces Athlètes qui, avec leurs tenues
rayées, ressemblent à des caricatures de sportifs
1900, s'élancer coudes au corps, pour un sprint gro-
tesque. Il faut voir ces lanceurs dont les poids sont
des boulets, ces sauteurs aux chevilles entravées, ces
sauteurs en longueur qui retombent lourdement
dans une fosse emplie de purin. Il faut voir ces lut-
teurs enduits de goudron et de plume, il faut voir
ces coureurs de fond sautillant à cloche-pied ou à
quatre pattes, il faut voir ces rescapés du marathon,
éclopés, transis, trottinant entre deux haies serrées

de Juges de touche armés de verges et de gourdins, il faut les voir, ces Athlètes squelettiques, au visage terreux, à l'échine toujours courbée, ces crânes chauves et luisants, ces yeux pleins de panique, ces plaies purulentes, toutes ces marques indélébiles d'une humiliation sans fin, d'une terreur sans fond, toutes ces preuves administrées chaque heure, chaque jour, chaque seconde, d'un écrasement conscient, organisé, hiérarchisé, il faut voir fonctionner cette machine énorme dont chaque rouage participe, avec une efficacité implacable, à l'anéantissement systématique des hommes, pour ne plus trouver surprenante la médiocrité des performances enregistrées : le 100 mètres se court en 23"4, le 200 mètres en 51" ; le meilleur sauteur n'a jamais dépassé 1,30 m.

*

Celui qui pénétrera un jour dans la Forteresse n'y trouvera d'abord qu'une succession de pièces vides, longues et grises. Le bruit de ses pas résonnant sous les hautes voûtes bétonnées lui fera peur, mais il faudra qu'il poursuive longtemps son chemin avant de découvrir, enfouis dans les profondeurs du sol, les vestiges souterrains d'un monde qu'il croira avoir oublié : des tas de dents d'or, d'alliances, de lunettes, des milliers et des milliers de vêtements en tas, des fichiers poussiéreux, des stocks de savon de mauvaise qualité...

XXXVII

Pendant des années, j'ai dessiné des sportifs aux corps rigides, aux faciès inhumains ; j'ai décrit avec minutie leurs incessants combats ; j'ai énuméré avec obstination leurs palmarès sans fin.

Des années et des années plus tard, dans *L'Univers concentrationnaire*, de David Rousset, j'ai lu ceci :

« La structure des camps de répression est commandée par deux orientations fondamentales : pas de travail, du « sport », une dérision de nourriture. La majorité des détenus ne travaille pas, et cela veut dire que le travail, même le plus dur, est considéré comme une planque. La moindre tâche doit être accomplie au pas de course. Les coups, qui sont l'ordinaire des camps "normaux", deviennent ici la bagatelle quotidienne qui commande toutes les heures de la journée et parfois de la nuit. Un des jeux consiste à faire habiller et dévêtir les détenus plusieurs fois par jour très vite et à la matraque ; aussi à les faire sortir et entrer dans le Block en courant, tandis que, à la porte, deux S.S. assomment les Haeftlinge à coups de Gummi. Dans la petite cour rectangulaire et bétonnée, le sport consiste en tout : faire tourner très vite les hommes pendant des heures sans arrêt, avec le fouet ; organiser la marche du crapaud, et les plus lents seront jetés dans le bassin d'eau sous le rire homérique des S.S. ; répéter sans fin le mouvement qui consiste à se plier très vite sur les talons, les mains perpendiculaires ; très vite (toujours vite, vite, *Schnell, los Mensch*), à plat ventre dans la boue et se relever, cent fois de rang, courir ensuite s'inonder d'eau pour se laver et garder vingt-quatre heures des vêtements mouillés. »

*

J'ai oublié les raisons qui, à douze ans, m'ont fait choisir la Terre de Feu pour y installer W : les fascistes de Pinochet se sont chargés de donner à mon fantasme une ultime résonance : plusieurs îlots de la Terre de Feu sont aujourd'hui des camps de déportation.

Paris-Carros-Blévy
1970-1974

DU MÊME AUTEUR

LES CHOSES, Julliard, coll. « Les Lettres nouvelles », 1965, prix Renaudot, rééd. 1997.

QUEL PETIT VÉLO À GUIDON CHROMÉ AU FOND DE LA COUR ?, Denoël, coll. « Les Lettres nouvelles », 1966.

UN HOMME QUI DORT, Denoël, coll. « Les Lettres nouvelles », 1967, rééd. Gallimard, coll. « Folio », n° 2197.

LA DISPARITION, Denoël, coll. « Les Lettres nouvelles », 1969, rééd. Gallimard, coll. « L'Imaginaire », n° 215.

LES REVENENTES, Julliard, coll. « Idée fixe », 1972, rééd. 1974, 1997.

LA BOUTIQUE OBSCURE, Denoël-Gonthier, coll. « Cause commune », 1973.

ESPÈCES D'ESPACES, Galilée, coll. « L'Espace critique », 1974, rééd. 2000.

W OU LE SOUVENIR D'ENFANCE, Denoël, coll. « Les Lettres nouvelles », 1975, rééd. Gallimard, coll. « L'Imaginaire », n° 293.

ALPHABETS, Galilée, coll. « Écritures/Figures », 1976.

JE ME SOUVIENS (*Les Choses communes I*), Hachette/P.O.L., 1978.

LA VIE MODE D'EMPLOI, Hachette/P.O.L., 1978, prix Médicis.

LA CLÔTURE ET AUTRES POÈMES, Hachette/P.O.L., 1978.

UN CABINET D'AMATEUR, Balland, rééd. Éd. du Seuil, coll. « La Librairie du xxᵉ siècle », 1994.

LES MOTS CROISÉS, Mazarine, 1979.

L'ÉTERNITÉ, Orange Export LTD, 1981.

THÉÂTRE I, Hachette/P.O.L., 1981.

TENTATIVE D'ÉPUISEMENT D'UN LIEU PARISIEN, Christian Bourgois Éditeur, 1983.

PENSER/CLASSER, Hachette, coll. « Textes du xxᵉ siècle », 1985.

LES MOTS CROISÉS II, P.O.L./Mazarine, 1986.

« 53 JOURS », P.O.L., 1989, rééd. Gallimard, coll. « Folio », n° 2547.

L'INFRA-ORDINAIRE, Éd. Du Seuil, coll. « La Librairie du xxᵉ siècle », 1989.

VŒUX, Éd. du Seuil, coll. « La Librairie du xxᵉ siècle », 1989.

JE SUIS NÉ, Éd. du Seuil, coll. « La Librairie du xxᵉ siècle », 1990.

CANTATRIX SOPRANICA L. ET AUTRES ÉCRITS SCIENTIFIQUES, Éd. du Seuil, coll. « La Librairie du xxᵉ siècle », 1991.

L.G. UNE AVENTURE DES ANNÉES SOIXANTE, Éd. du Seuil, coll. « La Librairie du xxᵉ siècle », 1992.

LE VOYAGE D'HIVER, Éd. du Seuil, coll. « La Librairie du xxᵉ siècle », 1993.

BEAUX PRÉSENTS BELLES ABSENTES, Éd. du Seuil, coll. « La Librairie du xxᵉ siècle », 1994.

ELLIS ISLAND, P.O.L., 1995.

PEREC/RINATIONS, Éd. Zulma, coll. « Grain d'orage », 1997.

JEUX INTÉRESSANTS, Éd. Zulma, coll. « Grain d'orage », 1997.

NOUVEAUX JEUX INTÉRESSANTS, Éd. Zulma, coll. « Grain d'orage », 1998.

DES MOTS CROISÉS précédé de CONSIDÉRATIONS DE L'AUTEUR SUR L'ART ET LA MANIÈRE DE CROISER LES MOTS, P.O.L., 1999.

Manuscrits :

CAHIER DES CHARGES DE LA VIE MODE D'EMPLOI, présenté par Hans Hartje, Bernard Magné et Jacques Neefs, CNRS Éditions et Zulma, collection « Manuscrits », 1993.

Ouvrages et collaboration :

PETIT TRAITÉ INVITANT À L'ART SUBTIL DU GO, Christian Bourgois Éditeur, 1969 (avec Pierre Lusson et Jacques Roubaud).

Oulipo, LA LITTÉRATURE POTENTIELLE. CRÉATIONS, RECRÉATIONS, RÉCRÉATIONS, Gallimard, coll. « Idées », 1973.

RÉCITS D'ELLIS ISLAND. HISTOIRES D'ERRANCE ET D'ESPOIR, Éd. du Sorbier, 1980 (avec Robert Bober), réed. P.O.L., 1994. Disponible en cassette Vision Seuil (VHS Secam), 1991.

224

L'ŒIL ÉBLOUI, Chêne/Hachette, 1981 (avec Cuchi White).

Oulipo, ATLAS DE LITTÉRATURE POTENTIELLE, Gallimard, coll. « Idées », 1981.

MÉTAUX, Sept sonnets hétérogrammatiques pour accompagner sept graphisculptures de Paolo Boni, Paris, R.L.D., 1985 (avec Pablo Boni).

Oulipo, LA BIBLIOTHÈQUE OULIPIENNE, Ramsay, 1987, 2 vol.

PRESBYTÈRE ET PROLÉTAIRES. LE DOSSIER PALF, CAHIERS GEORGES PEREC, n° 3, 1989, Éd. du Limon (avec Marcel Bénabou).

UN PETIT PEU PLUS DE QUATRE MILLE POÈMES EN PROSE POUR FABRIZIO CLERICI, Les Impressions nouvelles, 1996 (avec Fabrizio Clerici).

Correspondance :

« CHER, TRÈS CHER, ADMIRABLE ET CHARMANT AMI... », Correspondance Georges Perec et Jacques Lederer, Flammarion, 1997.

Traductions :

Harry Mathews, LES VERTS CHAMPS DE MOUTARDE DE L'AFGHANISTAN, Denoël, coll. « Les Lettres nouvelles », 1974, rééd. P.O.L., 1998.

Harry Mathews, LE NAUFRAGE DU STADE ODRADEK, Hachette/P.O.L., 1981, rééd. P.O.L., 1989.

Phonographie :

JE ME SOUVIENS, interprété par Samy Frey, éd. des Femmes, coll. « La Bibliothèque des voix », cassette, 1990.

DIALOGUE AVEC BERNARD NOËL, POÉSIE ININ-TER-ROMPUE, JE ME SOUVIENS (extraits), L'ÉCRI-TURE DES RÊVES, TENTATIVE DE DESCRIPTION DE CHOSES VUES AU CARREFOUR MABILLON LE 19 MAI 1978, Coffret de 4 CD, Production André Dimanche/INA, 1997.

Composition Euronumérique, Paris.
Impression Bussière Camedan Imprimeries
à Saint-Amand (Cher), le 24 septembre 2002.
Dépôt légal : septembre 2002.
1ᵉʳ dépôt légal dans la collection : mars 1993.
Numéro d'imprimeur : 024313/1.
ISBN 2-07-073316-5./Imprimé en France.

14581